세상이라는 제대 앞에서

세상이라는 제대 앞에서

초판 1쇄 발행 2023년 3월 30일
초판 3쇄 발행 2023년 10월 31일

지은이 전숭규
펴낸이 정해종

펴낸곳 ㈜파람북
출판등록 2018년 4월 30일 제2018－000126호
주소 서울특별시 마포구 토정로 222 한국출판콘텐츠센터 303호
전자우편 info@parambook.co.kr **인스타그램** @param.book
페이스북 www.facebook.com/parambook/ **네이버 포스트** m.post.naver.com/parambook
대표전화 (편집) 02－2038－2633 (마케팅) 070－4353－0561

ISBN 979-11-92964-09-6   03810
책값은 뒤표지에 있습니다.

※ 에체는 (주)파람북의 종교와 영성 전문 브랜드입니다.

교회인가 2023년 3월 7일 천주교 의정부교구장 이기헌 베드로 주교

세상이라는 제대 앞에서

전숭규 신부 묵상집

에체

전승규 신부님을 생각하며

전승규 신부님이 우리 곁을 떠난 지 10년이 되었습니다.

강산이 한 번 변한다는 긴 세월이 흘렀지만 아직도 우리 곁에 있는 것 같은 생각이 듭니다.

전 신부님은 50세를 겨우 넘긴 짧은 생애를 살다가 하느님 나라로 갔지만 한 사람의 인간으로서, 또 한 사람의 사제로 살다간 삶의 모습이 너무나 아름답고 향기로워서 많은 사람의 가슴속에 아직도 남아 있는 것 같습니다.

전 신부님은 예수님처럼 사순절 기간에 병마와 싸우며 거룩하게 보냈고, 성삼일 동안 생의 마지막 정리를 하다가 예수님이 부활하신 날 이른 새벽에 세상을 떠났습니다.

예수님께서는 당신이 사랑하시는 아들이 훌륭하게 살았고, 또

당신이 맡겨주신 사제직을 또한 훌륭하게 수행하였으며, 마지막 주신 십자가를 잘 짊어지고, 당신 수난에 동참하였기에 이렇게 좋은 선물을 전 신부님에게 주셨다고 생각합니다.

동료 신부님들이나 교우들은 신부님이 병상에서 병마와 싸우면서 의연하고 사제답게 거룩하게, 고통과 죽음을 받아들이고 준비하는 모습을 지켜보면서 오히려 큰 신앙의 선물을 받았다고 합니다.

전 신부님의 장례미사를 하루 앞두고 전 신부님의 유언을 담은 글들이 저에게 전달되었는데, 다음과 같은 내용이 담겨 있었습니다.

가족들에게 남긴 유언을 추려보면 다음과 같습니다.

- 짧은 시간이었지만 보람있게 살았습니다. 장수하고 싶은 것은 모든 이의 소망이지만 주어진 운명을 받아들이는 것도 믿음입니다.
- 초연하게 죽음까지도 받아들이는 것, 그것이 신앙인으로서

의 사제가 해야 할 일이고 신부가 일반인과 다른 것이 이것입니다.

- 마지막까지 기도의 끈을 놓지 않는 것이 가족들이 할 일이고 가장 중요한 일입니다.

또 동창 신부들에게 남긴 유언은 다음과 같습니다.

- 병고의 고통을 통해서도 얻는 축복도 참으로 많이 있습니다.
- 밤에 잠이 안 와서 생각하는 것은 하느님과 동창들에 대한 생각입니다. 살면서 그토록 그리웠던 것이 하느님과의 만남입니다.
- 동기들, 그동안 소홀해서 미안하고, 부족한 나에게 최고의 사랑을 다해주어 고맙습니다. 하늘에서도 그 사랑 잊지 않을 것입니다. 기도해주세요.

짧은 글들이었지만, 신부님의 믿음을 볼 수 있었고, 따뜻하고 사제다운 마음을 읽을 수 있었습니다.

참으로 많은 사람을 사랑하고, 또 사랑받으며 살다간 삶이었기에 결코 짧지도, 아쉽지도 않은 삶이었다고 생각합니다.

어느 날 제가 혼자서 신부님의 병실을 방문한 적이 있었습니다. 그때 저는 전 신부님이 세상을 떠나기 전 해인 2012년에 『매일미사』에 실린 묵상 글을 칭찬하면서, 제가 받은 성탄카드 중 어느 수녀님의 카드가 있었는데 그 수녀님은 카드에 전 신부의 묵상 글에 늘 감동받는다 하며 그런 교구 신부님이 있어서 행복하시겠다고 썼더라 하니까 빙그레 웃었습니다. 전 신부님은 "그러잖아도 건강해지면 글을 쓰고 싶어요"라고 말했습니다. 제가 무슨 글을 쓰고 싶은지 물으니 전 신부님은 하느님과의 인격적인 만남이라든지, 자연의 아름다움, 사람들끼리 아름답게 사는 이야기를 쓰고 싶다고 하였습니다.

신부님은 그렇게 산 것 같습니다. 자연을 사랑하는 것도 영적 시간이라고 생각합니다. 전 신부님이 오랜 기간 국화꽃을 피우며 고생한 시간도, 늘 그런 시간이었으며, 사람들에게 이런 아름다운 마음을 심어주고 싶어서였다고 생각합니다.

동창 신부들을 중심으로 기념하는 책을 만든다고 하니 전 신부님이 하늘나라에서 좋아할 것 같습니다. 전 신부님 생각이 다시 그립게 떠오릅니다. 하늘에서 우리 의정부교구도 기억해주기를 바라며 신부님의 마음을 닮는 우리들이 되어야겠습니다.

한국천주교 의정부교구장 이기헌 베드로 주교

국화꽃을 키운 사제

2023년 올해는 국화꽃 신부 전숭규 아우구스티노의 선종 10주기가 되는 해입니다. 저는 전 신부의 사제서품 동창인 김동희 모이세입니다. 10년 전 고인이 된 전 신부의 유품을 정리하다 제가 슬쩍 가져온 책이 한 권 있습니다. 장 지오노의 단편소설『나무를 심은 사람』입니다. 그 책의 시작은 이렇습니다.

> 한 사람이 참으로 보기 드문 인격을 갖고 있는가를 알기 위해서는 여러 해 동안 그의 행동을 관찰할 수 있는 행운을 가져야만 한다. 그 사람의 행동이 온갖 이기주의에서 벗어나 있고, 그 행동을 이끌어가는 생각이 더없이 고결하며, 어떤 보상도 바라지 않고, 그런데도 이 세상에 뚜렷한 흔적을 남겼다면 우리는 틀림없이 잊을 수 없는 한 인격을 만났다고 할 수 있다.

한 양치기의 외로운 노력으로 알프스산맥 프로방스 산악지대의 오래된 황무지가 거대한 떡갈나무 숲으로 바뀐 기적 같은 이야기를 담은 책입니다. 그 책을 단 하나의 유품으로 제가 간직한 이유는 주인공 엘제아르 부피에를 '잊을 수 없는 한 인격'으로 흠모하는 그 글에서 저는 그와 꼭 닮은 전숭규 신부를 보았기 때문입니다.

저는 참으로 행운아입니다. 1991년도에 숭규 형과 함께 신학교에 입학하여 2013년 전 신부가 하느님 곁에 가기까지 그를 가까이서 지켜볼 수 있었기 때문입니다. 국화꽃 전숭규 신부는 저희 1997년도 서울대교구 사제서품반의 맏형입니다. 머리가 벗겨져 실제보다 훨씬 더 나이가 들어 보였지만, 전 신부가 실은 집안에서는 막둥이입니다. 점잖은 외모와는 달리 터무니없이 환한 미소를 지닌 악동 같은 면도 있어 주변 사람들을 무척이나 많이 놀려먹었습니다. 아버님은 어릴 적 돌아가시고, 어머니는 전 신부가 부제 때 돌아가셨습니다. 큰 누님을 뵈면 꼭 어머니 같은 느낌이 듭니다. 아무튼 막내로 태어나 부모님과 형제들의 사랑을

세상이라는 제대 앞에서

한껏 받으며 자랐다고 합니다. 그리고 이렇게 사랑받은 막내였기에 또 어떻게 하면 사랑받는지를 잘 알아서, 어디를 가든 많은 이의 사랑을 독차지하며 살았습니다.

왜 그는 늘 진지했을까?

입학식 기념사진을 찍을 때부터 독특한 외모 탓에 사진사는 그가 학생인지 교수님인지 헷갈려했지요. 신학생 시절부터 그는 과하다 싶을 정도로 진지했습니다. 2004년 의정부교구가 설립되던 해 그는 "의정부교구에서 가장 작은 성당, 가장 가난한 성당으로 보내주십시오" 하고 주교님께 청하여 경기도 북단 연천성당의 주임신부로 발령받아 갔습니다. 전승규 신부는 이후 8년간 그곳에서 본당신부로 살았는데, 마치 한번 본당신부를 하고 그만둘 것처럼 자신을 온통 쏟아부었습니다. 연천성당은 그에게 '내 본당, 생각만 해도 가슴 떨리는 내 본당!'이었습니다.

그곳에서 그는 어르신들과 함께 해마다 국화꽃을 키우고 가을

머리말_ 국화꽃을 키운 사제

철에는 국화 전시회를 열어 사람들을 성당 마당에 불러들이곤 했지요. 천주교 신앙공동체가 그 지역 안에 살아 있음을 알리고 싶어 했기 때문입니다. 그렇게 해서 후미진 시골 성당이 국화 전시회 명소가 되었고, 일손이 부족한 것을 보고 지역 주민들이 찾아와 팔을 걷어붙이고 도와준 까닭에 신자 비신자 가릴 것 없이 지역민 모두가 어우러지는 축제의 한마당을 이루었습니다. '한 송이 국화꽃을 피우기 위해' 전 신부는 사시사철 땅강아지처럼 일했습니다. 그는 검게 그을린 얼굴이었지만 환한 웃음으로 그 모든 손님을 환대하였지요.

사랑스런 막둥이와 고 김수환 추기경님

사제가 된 지 얼마 지나지 않아 전 신부가 크게 아픈 적이 있었습니다. 다행히 요양하며 몸을 잘 회복해 서울대교구 교구청에서 근무하게 되었습니다. 혜화동 주교관에서 살았는데, 그때 은퇴하신 고 김수환 추기경님을 비서처럼 모시고 다니곤 했습니다. 보통 많은 이가 어른들을 대하면 다소 불편해하며 다가가기

꺼리는데 전 신부는 그렇지 않았습니다. 막둥이 특유의 거침없는 재롱과 도발을 일삼았습니다. 그것만 있었다면 버릇없는 막둥이로 끝났겠지만, 전 신부는 진심으로 어른들을 위하는 사랑스런 막둥이였습니다. 연천성당에 본당신부로 있을 때 철철이 새로 돋아나는 나물과 농작물을 정성껏 추기경님께 보내드리곤 했습니다. 어른께 잘 보이려고 하는 것이 아니라 본시 천성이 그러했습니다. 김수환 추기경님께서도 그것을 알아보셨나 봅니다. 만년에 병중에 계실 때 전 신부가 찾아가면 '멀리 연천서 친구가 찾아왔다'며 반겨주셨다고 합니다.

전 신부는 그 밖에도 교회 안팎의 어른들에게 참으로 많은 사랑을 받았습니다. 어쩌면 하느님의 사랑을 전 신부는 그러한 어른들을 통해 길어냈는지도 모릅니다. 그리고 그 사랑을 자신과 만나는 모든 분께 쏟아부었습니다. 8년 동안 사목했던 연천성당의 교우들, 그리고 무료로 외국인 노동자의 건강을 돌보아주는 라파엘 클리닉의 식구들, 구파발에 위치한 무의탁 양로원의 수녀님들과 할머니들……. 그는 모두의 다정한 이웃이었습니다. 그리고 마침내 국화꽃의 연인이 되었습니다.

남들에게는 그렇게 잘해주었는데, 동기 신부들에게는 별로 그렇지 못했습니다. 아마 친형제들에게도 그러했을 것이라 여겨집니다. 그들 모두 자신과 같은 마음이라 생각했나 봅니다. 자기 것은 끊어버리고 다른 이들에게 잘해주는 자신과 똑같은 줄 알았나 봅니다. 개인적으로 저는 서운할 때도 있었습니다. 예수님께서는 세상을 떠나실 때가 가까워지자 제자들을 더욱더 극진히 사랑해주셨다고 하는데, 전 신부는 그렇지 않았습니다. 제가 병문안 가서 병실에서 자고 가겠다고 해도 코를 곤다며 쫓아버렸습니다.

잘살았고, 또 멋지게 생을 마감한 전 신부님

정말 불꽃처럼 살다 갔습니다. 잘살기도 했지만, 죽음을 앞두고 그 문턱을 넘어설 때도 참 멋진 신부였습니다. 낯선 죽음의 길이었기에 힘들어하면서도 용기를 내며 가능한 기쁘게, 감사하며 그 길을 가고자 했고, 또 그렇게 부활절 새벽에 그 문턱을 넘어 갔습니다.

이제 선종 10주기를 맞아 2012년도에 전 신부가 『매일미사』에 한 해 동안 연재했던 묵상 글을 간추려 이 유고집을 발간합니다. 그냥 세월의 흐름 속에 형을 묻어두고 싶지 않았기 때문입니다. 하느님 안에서 한없이 진지하면서도 때 묻지 않은 천진함을 살았던 한 사제에 대한 기억을 소중히 간직하고픈 때문입니다. 애써주시고 도움 주신 모든 분께 진심으로 감사드립니다.

끝으로 전승규 신부가 뒤늦게 로마 유학 중이던 동창에게 써 보낸 편지글 가운데 일부를 옮깁니다. 저희의 우정과 주님께 대한 흠숭과 감사의 마음 모두를 주님께서 어여삐 보아주시기를 바랄 뿐입니다.

덕희야, 잘 지내니?

잘 있겠지? 예전에 텔레비전에서 방영되었던 만화영화 〈톰과 제리〉가 생각난다. 못된 고양이 톰은 작은 쥐 제리를 늘 못살게 굴었지. 톰을 피해 이리저리 도망다니는 제리가 불쌍해서 안타 까워했던 기억이 새롭구나. 신학생 때는 물론이고 신부가 되어서도 너를 못살게 했던 내가 꼭 톰을 닮았다는 생각이 든다. 그래서 너는 나를 피해 먼 로마로 도망간 것이 아니냐? 그래도 로마는 하루면 갈 수 있는 곳이니 안심하지 말거라.

......

그런 너지만 그래도 보고 싶다. 이제는 육신의 형제보다 신앙으로 맺어진 형제들이 더 가깝게 느껴진다. 얼마 전에 피정을 했어. 동희도 함께 했지. 참으로 은혜로운 시간이었어. 지난 삶을 돌아보니 주님의 사랑이 아닌 것이 없더구나. 모든 것이 내게는 과분한 것이지. 그래, 이제부터는 주님의 사랑에 보답하자. 가난하게 살자. 그리고 어머니이신 교회를 더욱 사랑하자. 이런 마음

세상이라는 제대 앞에서

을 지니고 돌아왔어. 나의 이런 마음과 너, 그리고 우리 친구들의 좋은 지향이 모이면 아름다운 우리 교구, 우리 교회가 되지 않겠니? 로마에서 주님의 사랑을 듬뿍 담아서 오거라. 우리 서로 기도하면서 자주 만나자.

차 례

🌑 1월 해오름달

🌑 2월 시샘달

10월 하늘연달

11월 미틈달

12월 매듭달

1월

해오름달

전승규 신부의 서품 성합 ⓒ 노정환

복 받은 삶이란

아브라함은 시련과 고통을 겪으면서 그 안에서 하느님을 깊이 알게 됩니다. 그리고 자신은 하느님 없이는 하루도 살 수 없는 존재임을 깊이 깨닫게 됩니다. 역경과 고통 속에서도 하느님께서 함께 계신다고 믿는 것, 인간은 하느님 없이는 하루도 살 수 없다는 사실을 깨닫는 것, 그것이 하느님께서 주시는 축복입니다.

역시 천주교 신자답군요

"역시 천주교 신자답군요" 하는 말을 들으면 자랑스럽습니다. 그러나 "천주교 신자도 별수 없군요" 하는 말을 들으면 얼굴을 들 수 없습니다. 믿지 않는 이들은 그리스도 신자인 우리 모습을 통해 예수님의 모습을 그립니다. 우리가 신앙인으로서 참삶을 살지 못할 때, 세상 사람들은 이를 빌미 삼아 예수님을 또다시 죽음으로 몰아갈 것입니다. 반대로 우리가 사랑을 실천할 때, 세상 사람들은 예수님께서 사랑이심을 알게 될 것입니다.

박물관이 아니라 꽃밭을 가꾸어라

요한 23세 교황님이 하신 말씀이 생각납니다.

"우리가 이 땅에 사는 이유는 박물관을 지키기 위해서가 아닙니다. 삶이 충만하고 꽃이 만발한 정원을 가꾸기 위해서입니다."

예수님께서는 세례자 요한의 세례를 받고 광야로 나갔다가 다시 사람들이 사는 세상으로 돌아오셨습니다. 그리고 공생활 내내 주변의 많은 사람과 함께 기쁨과 슬픔을 나누셨습니다. 꽃이 만발한 아름다운 교회의 꽃밭을 가꾸어 사람들이 그 아름다움에 반해 모여 올 수 있도록 하는 것, 이것이 우리가 이 땅에 하느님의 나라를 세우고자 노력하는 것이 아닌가 합니다.

길 떠난 동방박사들처럼

먼 옛날 동방박사들이 길을 떠났습니다. 길을 떠난다는 것은 모진 고생과 위험을 받아들이고 이겨내겠다는 뜻입니다. 길을 떠난다는 것은 편안함과 개인의 욕심을 버리는 자기 비움이기도 합니다.

우리의 발걸음은 과연 어느 곳을 향해 나아갈지 살펴볼 일입니다. 동방박사들처럼 발걸음을 주님께 돌립시다. 그러면 주님께서 삶의 온갖 의문점에 대한 답을 주실 것입니다.

세상이라는 제대 앞에서

가지런한 신발

기도가 끝나고 나와 신발을 신으려고 할 때면, 언제나 신발이 가지런히 놓여 있는 것을 보았습니다. 김수환 추기경님이 경당을 나가시면서 허리를 굽혀 신발을 가지런히 정리해놓으신 것입니다. 어르신이 젊은 사람의 신발을 가지런히 정리해놓는 것은 몸에 겸손이 배어 있지 않으면 힘든 일입니다. 진정한 권위는 바로 허리 굽혀 몸으로 가르치는 겸손에서 우러나온다고 봅니다. 예수님을 닮은 우리의 겸손한 모습이 주변을 흐뭇하게 만들기를 기대해봅니다.

〈동방박사의 경배(The Adoration of the Magi)〉, Fra Angelico and Fra Filippo Lippi, 1440~1460

병든 영혼에 링거액을 부어줄 사람

『친구가 되어주실래요?』라는 책에서 이태석 신부님은 이야기합니다. "현대인들은 혹시 영적인 콜레라에 걸린 것이 아닐까 하는 생각이 들었다. 생명의 물, 하느님의 진리와 사랑의 가치가 인간의 영혼에서 급성으로 빠져나가 영혼이 탈진된 위급한 상태 말이다. 탈진된 영혼에 링거액을 부어줄 사람들이 많을수록 아름다운 세상이 될 텐데."

레위는 예수님께서 부르시기 전에는 세관원 일을 하였습니다. 부르심을 받기 전에는 아마도 물질주의에 사로잡혀 살아왔을 것입니다. 그런 그가 이제는 영적으로 병든 영혼들을 건강하게 만드는 일을 하도록 부르심을 받습니다. 우리도 레위처럼 예수님의 부르심을 받은 사람들입니다.

예수님의 누이가 된 할머니들

한 번 양로원에 들어오신 할머니들은 가족이 되어 오래도록 인
연을 이어갑니다. 자발적으로 기도하고 서로 사랑하면서 살고
있습니다. 이제 할머니들은 그동안 살아오면서 겪은 과거의 슬
픈 삶에 얽매이기보다, 사랑이신 하느님을 알고 남은 삶을 잘 정
리하며 날마다 행복하게 살아갑니다.

예수님께서는 "하느님의 뜻을 실행하는 사람이 바로 내 형제요
누이요 어머니다"라고 말씀하셨습니다. 혈육의 끈을 넘어 모두
신앙의 한 형제자매로 살아가는 양로원의 후원자들과 할머니들
이 바로 예수님의 말씀대로 사는 분들이라고 믿습니다.

어리석음의 상징인 십자가

사람들이 기대하는 것은 하느님의 놀라운 능력과 기적이었습니다. 그런데 바오로 사도가 전하는 것은 십자가에 달리신 무능력한 예수님이었습니다. 사람들이 얻고자 했던 것은 지혜였건만 바오로 사도가 전한 것은 어리석음의 상징인 십자가였습니다. 바오로 사도는 우리 신앙은 그리스도의 부활에 드러난 하느님의 능력에 기초한 것이어야지, 인간적 지혜나 능력에 기초한 것이어서는 안 된다고 말합니다. 바오로 사도는 우리가 세상사를 바라볼 때나, 교회에서 어떤 일을 할 때 그 기준이 무엇인지를 잘 알려주고 있습니다.

당신이 나와 무슨 상관이십니까?

더러운 영이 들린 사람은 평소 예수님과 아무 상관 없이 살고 싶어 하는 사람입니다. 예수님 말씀대로 살면 자기가 망한다고 생각하는 사람입니다. 인간에게는 주님을 벗어나 자유롭게 살고 싶은 욕망이 있습니다. 하지만 주님을 떠난 자유는 참된 자유가 아닙니다.

카파르나움 회당에 모인 사람 가운데 더러운 영이 들린 사람이 있었습니다. 그렇다면 반드시 신자 아닌 사람만 더러운 영이 들린다는 것은 아니라는 말입니다. 사실 이름만 신자이지 예수님과 전혀 상관없이 사는 사람도 있습니다.

2월

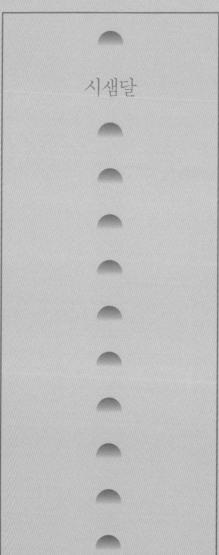

시샘달

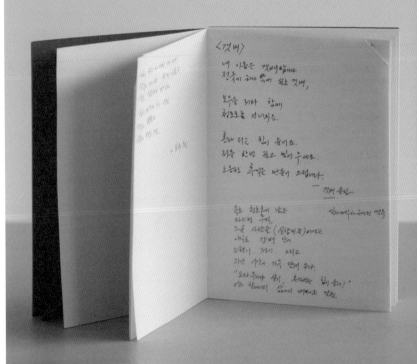

전숭규 신부의 묵상 노트 ⓒ 노정환

평범한 하루에 구원이 있다

붉게 물든 저녁노을, 봄맞이하며 재잘대는 계곡의 물소리, 해맑게 웃는 어린아이의 얼굴, 이런 것은 하느님께서 우리에게 주신 자연의 선물이며, 우리가 날마다 누리는 축복입니다. 또한 이웃과 따스한 정을 나누고, 친구와 우정을 나누며, 가난한 이들과 친교를 이루고, 외롭게 사는 이들과 대화하다 보면 거기에 바로 구원의 현실이 있음을 깨닫게 될 것입니다. 깨어 있는 신앙인은 비록 익숙하고 작은 것처럼 보이는 것에서도 하느님의 손길, 하느님의 구원을 느끼고 깨닫습니다.

상처받은 마음으로 남의 아픔을 헤아릴 때

우리는 모두 형태는 다르지만 자기 나름대로 상처와 아픔을 안고 살아갑니다. 그러나 자신의 아픔더라도 어루만지며 산다면 세상은 바뀌지 않습니다. 내가 아프더라도 남의 아픔을 헤아릴 때, 내가 어렵더라도 남의 어려움을 살필 때, 살 만한 세상이 됩니다.

어려운 이웃을 향해 열어둔 문으로
주님이 들어오신다

하루에 한 가지씩이라도 남을 위해서 할 때, 우리는 사람으로 태어난 보람을 찾을 수 있습니다. 이웃을 돕고, 남을 위해 살아가는 그 자리에 하느님께서 함께 계십니다. 나만 행복하면 그만인 것이 아닙니다. 내가 행복한 만큼 내 주변의 불행한 사람들도 행복하게 살도록 하는 것이 우리 신앙인에게 주어진 소명입니다. 우리가 가난하고 어려운 이웃에게 마음의 문을 열면 주님께서도 그 문으로 들어오실 것입니다.

기적을 일으키기 위해 필요한 것

사람들은 중풍 병자 한 사람을 예수님께 데리고 왔습니다. 집 지붕을 벗기고 구멍을 내어 중풍 병자를 예수님께 내려보냅니다. 중풍 병자가 다시 일어설 수 있었던 데는 주변 사람들의 도움이 컸습니다. 기적의 힘은 분명 예수님에게서 나옵니다. 그러나 예수님에 대한 사람들의 믿음과 이웃 사람들의 우정이 예수님께서 기적을 일으키시게 하는 촉매 역할을 하였습니다. 지금 나를 통해 사랑의 기적이 일어날 수 있는 사람은 누구입니까?

잘 듣는 것도 훌륭한 나눔

남의 말을 잘 들어주는 것도 훌륭한 나눔입니다. 또한 우리가 다른 사람에게 복음을 전하려면 먼저 하느님의 말씀을 들어야 합니다. 하느님 말씀을 듣지 않고 전한 말은 복음이 아니라, 사람의 이야기일 뿐입니다. 오늘 하루 하느님께서 나에게 들려주시는 말씀에 귀 기울여봅시다. 그리고 내 곁에 있는 누군가의 이야기에 귀 기울이는 시간을 가져봅시다.

〈겸손의 성모(Virgin of Humility)〉, Fra Angelico, 1433~1435

자비로운 마음이 하는 일

데레사 수녀님(콜카타의 데레사 성녀)이 이런 말을 했습니다. "가난한 사람들이 굶주림으로 죽어간다면, 그것은 하느님께서 돌보지 않으시기 때문이 아닙니다. 그것은 당신과 제가 그들에게 필요한 것을 주지 않았기 때문입니다. 하느님께서는 가난한 이들에게 빵을 주고 추위에 떠는 사람들에게 옷을 나누어줄 우리의 손을 필요로 하십니다." 내 안에 있는 선한 마음, 자비로운 마음이 불행에 빠진 이웃에게 전해진다면 그들의 눈에서 흐르는 눈물은 그만큼 줄어들 것입니다. 그만큼 사람들의 얼굴에서 웃음이 피어날 것입니다.

새벽은 언제 오는가

한 랍비가 말했습니다. "새벽은 언제 오는가? 어떤 사람의 얼굴을 보았을 때 그가 너의 형제라는 것을 알게 된다면 그때가 바로 새벽이다." 새벽은 나를 둘러싼 모든 것이 하느님의 은총임을 깨닫는 순간입니다. 새벽은 또한 메마른 내 마음에 사랑이 파릇하게 싹트는 때입니다. 다른 사람들이 남이 아닌 내 형제요 자매로 느껴지기 시작하는 때입니다. 새벽은 주님에 대한 믿음의 눈이 뜨이기 시작할 때 찾아옵니다.

이해할 수 없는 어둠 속에 서 있을 때

살다 보면 때때로 이해하기 어려운 십자가의 어두운 시간이 우리에게 닥칩니다. 그런 때일수록 우리는 예수 그리스도의 현존을 의식해야 합니다. 그분께서는 알 수 없는 신비한 방법으로 우리를 이끄시어 고귀한 존재로 변화시켜주실 것입니다.

더 중요한 사람이 되려는 욕심에서 벗어나기

내 안에 아직도 남에 대한 우월의식이 있다는 것은 다른 사람을
무시하며 산다는 말입니다. 내가 이룬 업적을 자랑하며 나 자신
을 가장 높은 자리에 앉히려고 하는 한, 아직도 나는 예수님을
모른다는 말입니다. 예수님께서는 우리가 하느님 아버지의 사랑
을 받는 참된 자녀임을 깨닫기를 바라십니다. 보잘것없는 이들
을 도와주는 사람, 이웃의 고통에 마음으로 함께 아파하는 사람,
자신을 낮추어 남을 위해 봉사하는 사람은 참으로 예수님을 따
르는 제자입니다.

죄의 효용성

죄는 사람이 하느님께 의지하게 하며, 마침내 하느님의 용서와 사랑을 체험하게 합니다. 예수님께서는 죄인들이 자신의 나약함과 한계를 깨닫게 하여 그들을 하느님의 품으로 돌아오게 하셨습니다. 예수님께서는 수없이 넘어지고 부서지며 살아가는 우리를 사랑하시고, 우리가 다시 일어설 수 있도록 위로와 용기를 주고 계십니다.

홀로 족한 자와 공감하는 자

주님께서는 내가 살아온 모든 것, 곧 홀로 만족하며 살았는지, 남과 나누면서 살았는지로 심판하실 것입니다. 영원한 생명은 우리가 모두 꿈꾸는 것입니다. 그런데 영원한 생명은 우리가 죽은 뒤에 맞이하는 것이 아니라, 날마다 우리에게 다가오는 가장 작은 이들을 통해서 지금 여기에서 시작됩니다.

세상이라는 제대 앞에서

3월

물오름달

전숭규 신부가 쓰던 안경 ⓒ 노정환

하느님 손에 맡길 때 변화가 온다

예수님께서는 당신의 목숨까지도 하느님 손에 맡기셨습니다. 하느님께서는 이러한 예수님을 사랑하셨고 영광스럽게 변모시키셨습니다. 이처럼 변화는 하느님의 손에 내어 맡길 때 찾아옵니다. 우리의 내적 모습도 마찬가지입니다. 우리는 인간적인 노력으로 변화되기도 하지만, 궁극적으로는 하느님께서 변화시켜주십니다. 하느님께 맡겨드릴 때 우리의 가치관과 삶이 바뀌게 됩니다.

사랑이 없는 곳에 사랑으로 응답하기

십자가의 요한 성인은 자신이 겪는 모든 것은 하느님의 사랑에 응답하는 길이라고 믿고, 어떤 모욕과 고통도 받아들였습니다. "사랑이 없는 곳에 사랑의 옷을 입히고 사랑의 신발을 신기도록 할 것입니다." 자신이 받은 고통과 모욕을 증오와 복수 대신에 사랑으로 갚겠다는 뜻입니다. 그는 끝까지 십자가의 어리석음이 세상의 지혜를 이긴다고 믿었습니다. 하느님께서는 사랑 때문에 우리를 창조하셨습니다. 우리가 하느님을 가장 닮을 수 있는 길 은 서로 사랑하며 사는 것입니다.

연천성당의 신앙의 형제들

주일마다 병사들이 100명가량 미사에 참석하는데, 저희 성당 신자 수와 거의 비슷합니다. 저희 신자들은 병사들이 성당에서 점심을 먹고 복귀할 수 있게 주일마다 점심을 마련해줍니다. 성당신자 대부분이 연로하신 분들입니다. 전역자들은 제대하기 전에주방에 들러 할머니들에게 고맙다는 인사를 하고 떠납니다. 할머니들은 그 인사 한마디로 그동안의 수고로움이 싹 가신다고말씀하십니다. 저희 소식이 조금씩 알려지면서 많은 분이 도와주고 있습니다. 군인들 때문에 잘 몰랐던 신앙의 형제들을 많이만날 수 있게 되었습니다. 이제는 저희가 군인들에게 해준 것보다 훨씬 더 많은 것을 받고 있습니다. "주어라. 그러면 너희도 받을 것이다. 누르고 흔들어서 넘치도록 후하게 되어 너희 품에 담아주실 것이다."

천국으로 가는 사다리

부자라는 사실이 하느님께 벌을 받을 만한 죄는 아닙니다. 다만 하느님 없이도 혼자서 잘살 수 있다고 믿는 것, 이웃이 고통을 받는데도 아무런 일을 하지 않는 것, 이것이 죄입니다. 라자로는 대문 앞에서 구걸할 힘도 없이 비참한 몸으로 누워 있었습니다. 라자로는 부자에게 끊임없이 회개할 수 있게 기회를 준 것입니다. 그러나 부자는 축복의 기회를 스스로 저버렸습니다. 라자로는 부자에게 천국으로 넘어가는 사다리였는데 말입니다.

열등감 대신 닮고 싶은 마음을

열등감을 좋은 방향으로 승화하지 못한 사람의 특징은 허영이나 교만에 빠지기 쉬우며, 어떤 대가를 치르더라도 다른 사람을 압도하려고 하고, 때로는 다른 사람이 추락하는 것을 보고 즐거워합니다. 예수님을 받아들이지 않은 고향 사람들도 이런 열등감에서 헤어나지 못한 사람들입니다. 삶의 기쁨이라는 기적이 일어날 리 없었습니다. 예수님께서 사신 모습이 매우 좋아 보이고 그래서 예수님을 닮고 싶은 마음이 드는 것, 이것이 우리가 예수님을 환영하는 길입니다.

은혜는 다른 사람에게 갚는 것

우리는 하느님께 모든 것을 받았습니다. 하느님의 아드님을 통하여 영원한 생명까지도 보장받았습니다. 아무리 갚아도 갚을 수 없는 은혜와 사랑입니다. 하느님께서 우리를 용서해주시는 것은 우리에게 인정을 받으시려는 것이 아닙니다. 용서받고 사랑받은 우리가 남을 용서하고 사랑하기를 바라시는 것입니다. 우리가 하느님께 받은 용서와 사랑을, 우리의 자비와 사랑을 필요로 하는 이웃에게 돌릴 때 우리의 신앙은 많은 열매를 맺을 수 있습니다.

그리스도의 깃발 아래 서다

로욜라의 이냐시오 성인의 『영신수련』에 나오는 "두 개의 깃발" 묵상을 떠올립니다. 이는 우리 주 그리스도의 깃발과 인간 본성의 원수인 사탄 루치펠의 깃발을 묵상하는 것입니다. 그리스도께서는 모든 사람이 당신 깃발 아래에 함께하기를 바라시어 사람들을 부르십니다. 이를 거슬러 루치펠은 자기의 깃발 아래로 사람들을 불러 모읍니다. 선과 악, 진실과 거짓, 겸손과 오만 사이에는 중간이란 것이 있을 수 없습니다. 하느님 편에 서지 않으면 악의 세력에 지배당하고 맙니다.

〈최후의 심판(The Last Judgement)〉, Fra Angelico, 1435~1440

세상이 달라 보일 때

영적인 눈이 열려야 보화를 바라볼 수 있습니다. 아집과 편견에 사로잡히면 제대로 볼 수 없습니다. 영적인 사람은 눈에 보이는 사물에만 집착하지 않고 믿음과 사랑이 소중함을 깨닫습니다. 세상이 달라 보이니 모든 일에서 하느님께 감사드리며 살아갈 수 있습니다. 알기에 내가 달라집니다. 예수님을 안다는 것은 사랑의 차원입니다. 예수님을 안다는 것은 예수님에 대한 지식을 머릿속에 많이 쌓는 것이 아닙니다. 예수님과 깊은 신뢰와 일치를 이룬다는 것입니다. 예수님을 알기에 가치관이 바뀌고 예수님 때문에 삶이 충만해진다는 것입니다.

죽어야 산다

버림받은 땅에 엘제아르 부피에라는 사람이 들어가 도토리를 심기 시작했습니다. 그는 날마다 도토리를 100개씩 40년 동안 심었습니다. 세월이 흐르면서 황무지는 점점 아름다운 거대한 숲으로 변해갔습니다. 땅에 떨어진 밀알 한 톨에서 마흔 개가량의 씨앗이 맺힙니다. 그러려면 먼저 땅에 떨어져 그 자신은 죽어야 합니다. 예수님께서는 사람을 살리시려고 당신의 생명을 내놓으셨습니다. 생명을 얻으려면 죽어야만 합니다. 우리가 남을 위해 자신을 희생하며 날마다 순간순간 죽을 때 세상은 생명을 얻게 될 것입니다.

거꾸로 사는 사람

사람이 어떤 관점에서 바라보느냐에 따라 보이는 것이 달라집니다. 세상에 속한 유다인들은 인간적 입장에서 생각하고 사물을 바라보았습니다. 예수님께서는 위에서 오셨기에 그분의 생각과 삶은 유다인들과 달랐습니다. 유다인들에게 예수님은 이상하거나 미친 사람으로만 보였습니다. 우리 신앙인은 세상 속에서 살되 세상을 거꾸로 보며 사는 사람입니다. 신앙인은 세상이 떠받드는 가치들에 대하여 반대의 가치관을 가진 사람입니다.

갈증을 없애는 유일한 방법

이 세상 것은 채우면 채울수록 더욱더 갈증이 심해집니다. 이 세상 것으로는 영원한 행복을 결코 누릴 수 없기 때문입니다. 우리 인간 안에는 근원적인 동경과 목마름이 있습니다. 인간은 처음부터 하느님을 향하도록 창조되었기 때문입니다. 해바라기가 해를 따라 움직이는 것과 같은 이치입니다. 인간은 하느님을 벗어날 때 불안해집니다. 예수님께서는 우리가 하느님을 알고 사랑함으로써 행복하게 살기를 간절히 바라십니다.

세상의 고마리가 되어

도랑이나 하천가 양지바른 곳에 어김없이 자라는 '고마리'는 수질 정화 능력이 매우 뛰어납니다. 예수님께서는 인간의 죄악으로 오염된 세상을 정화하려고 스스로 수렁으로 들어서십니다. 예수님께서는 오염된 시궁창을 맑게 해주는 '고마리'와 같은 분이십니다. 우리 신앙인도 세상의 '고마리'가 되려면 악취 나고 오염된 수렁으로 뛰어들어야 합니다. 탐욕과 이기심의 수렁에 나눔과 공생의 뿌리를 내리는 것입니다. 미움과 폭력의 도랑에서 사랑과 평화의 꽃을 피우는 것입니다.

4월

잎새달

전숭규 신부가 사용하던 성반 ⓒ 노정환

환호하다가 등 돌리는 사람들

그들은 자신들의 생각과 이해관계에 맞으면 두 손 들어 예수님을 환호했고, 그러지 않으면 옳고 그름을 떠나 등을 돌렸습니다. 이렇게 예수님께서는 제자들과 군중에게 철저히 배반당하셨습니다. 그래서 홀로 걸으신 십자가의 길은 더없이 고독하고 괴로운 길이었을 것입니다. 오늘 복음에 나오는 모든 사람이 우리의 자화상이기도 합니다. 폭력과 죽음의 문화는 내가 관여할 일이 아닙니다. 사회적 약자는 생각조차 하기 귀찮습니다. 이 모든 것이 오늘을 살면서 우리가 예수님을 배반하는 일입니다. 그러면서 우리는 '나는 아니겠지?' 하는 마음을 갖습니다.

사제를 위한 최고의 만찬은 기도

어떤 욕심이나 사사로운 마음을 가지고 사제가 된다면 하느님의 앞에서 이처럼 가련하고 불쌍한 일은 없습니다. 사제는 어느 때보다도 유혹이 많은 시대에 살고 있습니다. 기도가 더욱더 필요한 때입니다. 사제는 신자들의 기도를 먹고 살아갑니다. 우리나라 교우들은 사제에게 물질적으로 잘합니다. 참 고마운 일입니다. 그러나 사제가 세속적 욕심을 버리고, 예수님을 닮은 사제로 살아가도록 기도해주는 것, 이것이 참으로 사제를 위하는 길이라고 믿습니다.

어두운 밤을 무사히 지새려면

혼자 남아 있다는 고립감, 의지할 사람이 아무도 없다는 외로움은 영혼이 거치는 정화의 과정입니다. 이러한 어두운 심연을 거쳐야 하느님을 깊이 이해할 수 있습니다. 부르심을 받은 사람들은 자신의 소명을 수행하면서 이런 정화의 과정을 겪습니다. 부르심의 길은 칠흑 같은 어두운 밤을 헤쳐나가는 여정이라고도 할 수 있습니다. 영적 싸움에서 인간의 나약함과 한계가 드러납니다. 손에 쥔 것을 모두 버리고 어깨의 힘을 모두 뺄 때 비로소 인간은 하느님께 의지할 수 있습니다.

먼저 죽어야 합니다

예수님께서는 미움과 증오 앞에서 사랑과 용서로 당신을 죽이
셨습니다. 이기심과 거짓 앞에서 이타심과 진리로 당신을 죽
이셨습니다. 하느님께서는 자신을 죽인 그 자리에 부활의 싹
을 틔우셨습니다. 천국에 가려면 먼저 죽어야 합니다. 우리는
이기심을 죽이고, 욕심을 죽이고, 미움을 죽일 때 천국에 갈 수
있습니다.

왜 하필이면 갈릴래아인가

갈릴래아는 예수님의 고향이자 예수님께서 공생활의 많은 부분을 보내신 곳입니다. 그곳은 비옥하였기 때문에 농사가 잘되는 지역입니다. 그러나 거기에 살던 농민들은 대부분 가난한 소농과 소작인들로서 힘들게 살았습니다. "두려워하지 마라. 가서 내 형제들에게 갈릴래아로 가라고 전하여라. 그들은 거기에서 나를 보게 될 것이다." 부활하신 예수님께서 여자들에게 하신 말씀입니다. 예수님의 부활은 가난하고 소외당하는 사람들에게 희망의 소식입니다. 부활은 가난한 이들에게 가라는 부르심입니다.

막달레나처럼 사는 법

여인들의 사회활동이 엄격히 제한되었던 당시 상황으로 보아 마리아 막달레나의 활동은 매우 파격적입니다. 무엇이 막달레나의 마음을 그토록 사로잡았을까요? 마리아 막달레나는 예수님에게서 진정한 사랑을 체험했습니다. 사는 것이 아무리 힘들어도 그 무게를 견디게 하는 힘이 있습니다. 그것은 바로 사랑입니다. 우리를 사랑하시는 예수님께서 우리 곁에 계십니다. 이 믿음에서 우리는 오늘을 살아갈 힘과 용기를 얻을 수 있습니다.

세상이라는 제대 앞에서

일상의 신비체험

예수님의 부활 사건은 상상이나 환시가 아닙니다. 삶에서 이루어지는 생생한 사건입니다. 유명한 신학자 카를 라너 신부는 우리도 일상의 사건 속에서 신비로운 은혜를 체험할 수 있다고 말합니다. "아무런 보상도 못 받고 남을 용서해준 적이 있는가. 아무런 감사도, 인정도 받지 못하면서도 희생한 적이 있는가." 믿음 안에 사는 그리스도인으로서 이러한 일들을 체험했다면 우리는 신앙체험, 곧 하느님 체험을 한 것입니다. 일상의 일들을 신앙에 비추어 살펴본다면 그 속에서 부활의 신비, 주님의 은혜를 발견할 수 있을 것입니다.

〈성 도미니코와 성 프란치스코의 성흔(Saint Dominic and the Stigmatization of Saint Francis)〉, Fra Angelico, 연대미상

구름 너머에 있는 태양을 보는 것

보고 만져서 아는 것은 믿음이 아닙니다. 믿음은 보이는 것 너머를 보는 것입니다. 믿음은 비록 구름이 가려 보이지 않지만, 구름 너머에 태양이 있음을 믿는 것입니다. 비록 들리지 않지만 침묵하며 계시는 하느님을 믿는 것입니다. 그러려면 마음의 문이 주님께 열려 있어야 합니다. 믿는 이는 어떠한 상황에서든 주님을 믿고 의지합니다. 주님을 믿고 따르는 거기에는 두려움이나 불안이 없습니다. 그저 "저의 주님, 저의 하느님!" 하는 고백만 있을 뿐입니다.

다른 빛으로 충만한 사람

예수님께서는 "누구든지 위로부터 태어나지 않으면 하느님의 나라를 볼 수 없다"라고 말씀하십니다. 육에서 난 사람은 자신을 세상의 기준으로 바라봅니다. 그러나 영에서 난 사람은 하느님 안에 자신의 근거를 둡니다. 거듭남은 참된 자기 자신을 찾는 영적인 여정입니다. 우리는 바람을 그물을 쳐서 잡을 수도 없으며, 붙잡아 가둘 수도 없습니다. 마찬가지로 거듭남의 신비도 붙잡아 고정시킬 수 없습니다. 그런데도 거듭나는 것은 그 효력을 분명히 나타냅니다. 곧 하느님에게서 난 사람은 다르게 행동하며, 다른 빛을 냅니다. 하느님에게서 난 사람은 완전한 자유를 누리며 삽니다. 그리고 그의 삶에는 기쁨과 생명력이 충만합니다.

빛을 마주하면 어둠은 등 뒤로 물러난다

하느님의 아드님께서는 우리에게 빛으로 오셨습니다. 우리가 빛을 향해 사는 것이 행복이기에 예수님께서 빛으로 오신 것입니다. 우리가 태양을 향해 서면 그림자는 우리 등 뒤에 생깁니다. 반대로 태양을 등지고 있으면 그림자는 우리 앞에 나타납니다. 우리가 빛이신 예수님을 향해 있으면 삶의 어둠은 우리 등 뒤로 물러납니다. 그러나 예수님을 등지고 살아가면 마음의 그늘과 어둠이 우리 앞에 나타납니다.

깊이를 알 수 없는 곳에 몸을 내던지는 용기

신학자 파울 틸리히는 믿음을 "내가 사랑받고 있다는 것을 받아들이는 용기"라고 했습니다. 믿음에 왜 '용기'가 필요하다고 했을까? 하느님 사랑의 깊이를 우리 인간은 헤아릴 수 없습니다. 끝 모르는 사랑의 심연에 자신을 완전히 내맡기는 것이 믿음입니다. 바닥을 알 수 없는 하느님 사랑의 심연에 완전히 뛰어내리려면 용기, 곧 결단이 필요합니다. '지금 여기서' 내리는 결단으로 우리는 하느님의 사랑과 생명을 얻어 누릴 수 있습니다.

세상이라는 제대 앞에서

삶의 의미를 아는 사람은

부활하신 예수님께서는 제자들에게 나타나시어 "너희는 온 세상에 가서 모든 피조물에게 복음을 선포하여라" 하고 말씀하십니다. 우리가 세상에 복음을 전한다는 것은 우리를 필요로 하는 사람들 곁에 가서 그들에게 기쁨이 된다는 것입니다. 내가 원하는 곳에 가는 것은 파견이 아닙니다. 또 예수님의 증인이 된다는 것은 박해와 죽음에 용감히 맞선다는 뜻입니다. 예수님의 죽음으로 낙담하고 절망한 제자들은 부활하신 예수님을 만나서 다시 삶의 의미를 찾습니다. 왜 살아야 하는지 그 의미를 아는 사람은 어떤 상황도 견뎌낼 수 있습니다.

자운영을 푸른 거름이라고 하는 이유

논에 심은 자운영은 요즘 같은 4~5월에 꽃이 피는데, 농사짓기 바로 전에 갈아엎어 벼의 거름으로 사용됩니다. 가장 아름다운 시간에 자신을 바쳐 땅을 이롭게 하여 다른 생명을 살립니다. 예수님께서는 가난과 질병과 소외로 지친 사람들에게 기쁨을 주셨습니다. 그리고 마지막에는 당신 생명을 바치시어 우리를 살게 해주셨습니다. 그분께서는 조건 없는 사랑으로 빵이 되시고, 사랑에 굶주린 우리에게 삶의 양식이 되어 주셨습니다. 오늘도 예수님께서는 성체로 오시어 우리를 채워주십니다.

5월

푸른달

전숭규 신부가 생전에 애용한 필기구 ⓒ 노정환

고정관념에 묶이지 않는 신앙인

사람들이 고정관념에 사로잡히는 이유는 사물이나 사건을 있는 그대로 보기보다는 먼저 판단과 정의를 내리고 나서 보기 때문입니다. 고정관념은 편견으로 이어지고, 여기서 혐오감이나 차별 같은 나쁜 감정이 생겨납니다.

유다의 지도자들은 편견과 고정관념으로 예수님을 바라보았습니다. 그래서 하느님의 이름으로 행하신 많은 일을 보고서도 예수님께서 메시아이심을 인정하지 않았던 것입니다. 세속적인 것에 묶이면 진실을 올바로 볼 수 없습니다.

예수님에게서 우리에게로 흘러드는 생명

가지들이 포도나무에 붙어 있는 것은 나무를 풍요롭게 하려는 것이 아니라 나무로부터 생명을 이어받기 위해서입니다. 예수님께서 당신 안에 머무르라고 반복해서 말씀하신 것은 결국 우리의 유익을 위해서입니다. 예수님께서는 생명이십니다. 예수님께서는 우리 삶에 생기를 불어넣어주시겠다고 하십니다. 예수님을 통해 우리는 비로소 삶이 무엇인지 깨달을 수 있습니다. 우리가 하느님의 삶, 곧 하느님의 생명에 참여할 때 비로소 진정한 생명이 우리 안에 흘러들어옵니다.

세상이라는 제대 앞에서

믿음은 건너감

예수님께서는 필립보에게 "나를 믿는 사람은 내가 하는 일을 할 뿐만 아니라, 그보다 더 큰 일도 하게 될 것이다"라고 하십니다. 우리가 예수님을 진정으로 믿으면 그분 안에 있는 힘이 우리 안에서 살아나 예수님께서 하신 일을 우리도 할 수 있을 것이라는 말씀입니다. 믿음은 이 세상에서 하느님의 세상으로 건너가게 합니다. 그리하여 믿음은 우리를 이 세상의 힘과 손길이 미치지 못하는 곳까지 이르게 합니다.

세상에 속하지 않고 살아가기

예수님께서는 유다 지도자들의 위선적인 종교생활을 폭로하셨기 때문에 십자가에 못 박히셨습니다. 예수님을 따른다는 것은 위선과 거짓된 삶을 버리고 마음과 생각을 근본적으로 변화시켜 산다는 말입니다. 그리스도인은 이 세상에 살면서도 이방인처럼 사는 사람입니다. 육체를 가지고 살아가지만 육체에 따라 살지는 않습니다. 비난과 모욕을 당하면서도 남을 존중하고 축복하며 살아갑니다. 그것이 거쳐 가는 세상에 사는 그리스도인이 영원을 향해 살아가는 방식입니다.

근심하지 않는 믿음

샤를 드 푸코는 어느 날 나무를 보면서 깊은 깨달음을 얻었습니다. 나무는 떨어지는 잎에 대해 염려하거나 안달하지 않는 것이었습니다. 하느님을 믿는다는 사람이 자신에게서 떨어져 나가는 재물이나 건강 때문에 근심한다는 것은 자신을 나무보다 못한 존재로 전락시키는 것처럼 보였습니다. 샤를 드 푸코는 나무의 모습을 보고 어떠한 상황에서도 근심하거나 걱정하지 않는 믿음을 갖게 됩니다.

어떤 시간 속에 살 것인가

'시간'이라는 말은 그리스 말로 두 가지로 표현합니다. 하나는 '크로노스', 인간의 시간으로서 내가 생각하고 내가 결정하는 시간을 말합니다. 다른 하나는 '카이로스'로서 주님께서 뜻하시고 결정하시는 시간입니다. 인간의 시간 속에 살면 언제나 불안하고 근심과 걱정에 시달립니다. 그러나 주님의 시간 속에 살면 시련과 어려움이 닥치더라도 두려움이 사라집니다.

세상이라는 제대 앞에서

고통이 구원 사업에서 하는 역할

예수님께서는 모욕과 수난과 죽음의 고통을 겪으셨습니다. 그러나 부활로써 참된 기쁨은 고통 뒤에 찾아오는 것임을 드러내 보이셨습니다. 요한 바오로 2세 교황은 병자와 고통받는 이들에게 "여러분의 고통은 결코 헛된 것이 아닙니다. 그것은 예수님께서 수행하시는 구원 사업에 참여하는 것이기에 진정 가치 있는 것입니다"라며 위로하였습니다. 산다는 것은 연속적으로 찾아오는 고통스러운 일들을 감당하는 것입니다.

〈예수의 탄생(The Nativity)〉, Fra Angelico, 1425

사다리가 된 예수님

우리 신앙인은 거룩한 곳, 하느님의 영역을 향해 걸어가는 순례
자입니다. 이 순례의 길에 예수님께서는 우리와 동행하고 계십
니다. 예수님께서는 하늘로 오르심으로써 인간 세계와 하느님의
영역에 사다리를 놓으셨습니다. 예수님으로 말미암아 인간은 하
느님을 만날 수 있게 되었습니다. 이것이 오늘 주님승천대축일
이 우리에게 주는 선물입니다.

예수님의 버킷리스트

예수님께서는 죽음의 때를 앞두고 당신 자신과 제자들을 위해 기도하십니다. 예수님의 '버킷리스트'를 요약하자면, '하느님의 영광을 드러내기', '제자들을 지켜주시고 그들이 하나가 되는 것'이라고 할 수 있습니다. 사람들은 죽기 전에 제일 후회하는 것이 하고 싶은 것을 하지 못한 것이라고 합니다. 후회 없는 삶을 살려면 오늘 나는 무엇을 하겠습니까?

세상이라는 제대 앞에서

우리의 삶이 작은 날갯짓이 되도록

이스라엘의 이름 없는 작은 마을에서 일어난 사건이 제자들을 통해 전 세계로 퍼져나갔습니다. 제자 공동체 안에서 이룬 일치와 사랑의 삶이 그 원동력이었습니다. 이는 믿지 않는 이들에게 신앙을 불러일으키는 강한 힘이 되었습니다. 마찬가지로 지금 우리 신앙 공동체가 이루는 일치와 사랑은 나비 효과를 만들어 내고 널리 퍼져나갈 것입니다.

지금 여기서 사랑하기

필립보 네리 성인은 "오늘을 철저히 살게 하소서" 하고 기도하면서 '지금 여기서' 선행을 실천하는 데 게으르지 않았습니다. 예수님을 따르는 우리는 저마다 자신의 자리에서 사랑의 사도로 살아가며 나머지 몫은 예수님께 맡기면 됩니다. 그것은 체념이 아니라 믿음입니다.

곳간이 하느님 나라의 통로가 되려면

부자는 예수님의 이 말씀을 듣고 울상이 되어 떠나가버리고 맙니다. 그는 재물에 대한 미련을 버리지 못한 채 욕심의 사슬에 묶여 있었기 때문입니다. 이기심과 욕심으로 닫아놓은 문은 하느님께서도 들어가실 수 없습니다. 가난한 사람들에게 열린 문이 하느님 나라로 들어가는 통로입니다. 그러려면 소유에서 자유로워져야 합니다.

만남이 알려주는 것

엘리사벳은 마리아의 임신을 전혀 의심하지 않았습니다. 엘리사벳이 마리아를 믿었던 근거는 평소 마리아의 믿음입니다. 우리는 만남을 통해 이웃 안에서 일어나는 하느님의 업적을 발견할 수 있습니다. 그것은 이웃에 대한 믿음이 있어야 가능합니다.

6월

누리달

교우들이 전승규 신부를 위해 봉헌한 영적 선물이 적힌 부채 ⓒ노정환

교회의 발걸음이 향하는 곳

세상 사람들은 비록 자신들은 그리하지 못하더라도 종교인들은 다르게 살아가기를 기대합니다. 세상 사람들이 교회에 바라는 것은 크고 화려한 교회가 아니라, 세상 속에 살되 세상의 구원을 위하여 살라는 것입니다. 교회의 발걸음은 어둡고 그늘진 곳으로 향해야 합니다.

황제에겐 돈을, 하느님께는 우리 자신을

예수님께서는 황제의 것이면 황제에게 돌려주고, 하느님의 것은 하느님께 돌려드리라고 말씀하십니다. 아우구스티노 성인은 "황제에게는 돈을 돌려주고 하느님께는 여러분 자신을 돌려드리십시오"라며 권고했습니다. 로마 제국의 화폐에는 황제의 초상이 새겨져 있지만, 인간에게는 하느님의 모습이 담겨 있습니다. 우리가 세상의 가치관에만 얽매여 산다면 황제에게 우리 자신을 바치는 것입니다.

세상이라는 제대 앞에서

하느님께는 현재만 있을 뿐

하느님의 시간은 절대적인 시간이요 영원한 시간입니다. 여기에
는 오직 현재만이 있습니다. 아브라함, 이사악, 야곱 그리고 지금
우리를 포함한 모든 사람이 하느님께는 현재의 인물들입니다.
그래서 하느님께서는 살아 있는 이들의 하느님이십니다. 우리와
함께 언제나 변함없이 그리고 영원히 살아 계시는 하느님, 이분
을 믿는 것이 우리의 신앙입니다.

작은 일에 달려 있다

우리는 '이웃 사랑'을 큰 것에서 찾으려고 합니다. '나는 돈이 없어'라거나 '내가 무슨 힘이 있어야지' 하면서 이웃을 위한 봉사나 헌신을 어려워합니다. 이웃을 사랑하는 것은 소유와 능력에 달려 있지 않습니다. 이웃의 불행이나 고통을 보고 가엾은 마음을 지닌다면, 어떠한 처지와 여건에서도 이웃을 사랑할 수 있을 것입니다. 아침에 눈을 뜨면서부터 저녁 잠자리에 들 때까지, 우리가 일상에서 사랑을 베풀 대상과 기회는 참으로 많습니다. 작은 일에 충실한 사람이 큰일에도 그러할 수 있습니다.

목민이 사제의 마음 안에

다산 정약용은 무릇 '목민(牧民)'이란 백성을 위하여 사는 것이라고 했습니다. 여기서 말하는 백성은 가난하고 불쌍한 사람들입니다. 사제로 살면서 신자들에게 물질적 도움을 많이 받습니다. 그리고 명예욕은 쉽게 떨쳐버리기 힘든 유혹입니다. 모든 사제의 마음 안에 예수님의 온유하고 겸손한 마음이 채워지기를 빕니다. 사제들의 마음 안에 예수님의 사랑이 채워지도록 기도해 주시기 바랍니다. 그리하여 그 마음에 담긴 사랑이 세상에 흘러 들어가기를 기대합니다.

부르심은 기회다

"그의 어머니는 이 모든 일을 마음속에 간직하였다." 성모님께서 는 당신께 닥친 엄청난 일의 의미를 하느님께 여쭈고 또 여쭈었 을 것입니다. 결국 성모님께서는 당신께 닥친 고통의 의미를 이 해하셨고, 하느님의 놀라운 계획을 받아들이셨습니다. 우리 신 앙인은 하루하루 주님께 의탁하며 사는 사람입니다. 우리는 전 혀 예상하지 못한 어떤 부르심에 직면하기도 합니다. 하느님의 부르심은 우리의 믿음을 성장시키는 기회입니다.

초대의 몸짓

용서는 나에게 상처를 준 사람을 축복하고 상처를 사랑으로 승화시키는 것입니다. 우리는 용서로 잃어버린 마음의 평화를 되찾을 수 있습니다. 용서로써 본디 우리 마음속에 있는 아름다움과 선함을 되살릴 수 있습니다. 예수님께서는 누가 오른뺨을 때리거든 다른 뺨마저 대어 주라고 말씀하십니다. 상대방의 노예가 되라는 말씀이 아닙니다. 상대방의 마음을 움직여 하느님의 자녀로 함께 평화롭게 살자는 초대의 몸짓입니다.

〈그리스도의 매장(The Entombment of Christ)〉, Fra Angelico, 1450

아무도 보지 않는 데서 꽃을 피우자

아무도 알아주지 않는 깊은 산중에 핀 야생화를 보면서 '우리 삶도 저 야생화처럼 겸손하고 순박하면 얼마나 좋을까!' 하는 생각이 듭니다. 자선과 기도, 단식은 신앙생활을 하는 데 그 자체로 좋은 일입니다. 예수님께서는 그것을 남에게 보이고자 하는 수단으로 삼아서는 안 된다고 말씀하십니다. 사람들의 칭찬은 결국 자신에게로 돌아옵니다. 그러면 하느님의 영광을 위해 돌아갈 몫이 사라지고 맙니다.

가난한 식탁에 앉아

시골 본당의 살림살이가 넉넉하지 않아 저는 주방 도우미도 없이 스스로 밥을 해 먹고 지냅니다. 처음에는 모든 것이 낯설었습니다만 이제는 많이 익숙해졌습니다. 혼자서 밥을 먹을 때면 가난한 식탁에서 기도드리는 그림 속 노인의 모습이 떠오릅니다. 저의 식탁 위에 놓인 음식이 그림 속의 식탁보다 얼마나 더 풍성한지 모르겠습니다. 그저 감사드릴 따름입니다. 가난하지만 하느님께서 모든 것을 채워주신다고 믿으며 사는 사람은 참으로 부자입니다.

칼을 칼집에 도로 꽂아라

예수님께서는 칼을 쓴 제자에게 "칼을 칼집에 도로 꽂아라. 칼을 잡는 자는 모두 칼로 망한다"(마태 26,52)라고 하시면서 비폭력의 길을 가르치셨습니다. 세월이 흐르면 이 땅에 화해와 평화가 찾아오려니 기대해보지만 긴장과 갈등은 여전합니다. 남과 북은 여전히 군사력을 증강하려고 끝도 없는 무기 경쟁을 하고 있습니다. 무기는 인류에게 불행을 가져오는 도구이기에 군비 증강은 중단해야 하고, 전쟁은 반드시 사라져야 합니다.

천국의 열쇠를 갖는 방법

신학생 때 읽었던 A. J. 크로닌의 『천국의 열쇠』를 오랜만에 다시 읽어보았습니다. 이 소설은 외견상 실패와 고난의 삶을 살지만 참다운 인간상이 무엇인지를 제시해주고 있습니다. 좁은 문으로 들어간다는 것은 인생의 궁극적인 성공과 행복을 하느님의 기준으로 바라보며 산다는 뜻입니다. 사람의 눈을 의식하지 않고, 오직 하느님께서만 보신다고 믿으며 진실하게 사람들을 사랑하며 산다는 뜻입니다. 하느님께서는 그러한 삶을 산 사람에게 천국의 열쇠를 주실 것이라고 믿습니다.

생가지를 째야 열매가 열린다

좋은 감이라도 그것의 씨를 심으면 똑같은 감이 나오지 않고, 고욤나무의 생가지를 째서 거기에 좋은 감나무를 접붙여야 바라는 감이 열립니다. 예수님의 생각과 말과 행동으로 거듭나려면 감나무 접을 붙일 때처럼 생가지를 째는 아픔이 따릅니다. 우리가 예수님처럼 살아가려면 예수님께서 지신 십자가를 지고 살아야 하기 때문입니다. 십자가를 지는 데 따라오는 아픔과 어려움을 기꺼이 받아들일 때 좋은 신앙의 열매를 맺을 수 있습니다.

안다는 것은 살아내는 것

인도의 간디는 없어져야 할 사회적 죄악 일곱 가지를 들면서 그 가운데 '인격 없는 지식'과 '희생 없는 신앙'을 꼽았습니다. 아는 것은 사는 것, 곧 행하는 것입니다. 아는 대로 행하며 살 때 권위가 생깁니다. 율법학자들은 아는 것은 많았습니다. 그러나 아는 것을 실행에 옮기지 않았습니다. 이것이 그들의 권위를 인정받지 못한 이유입니다. 예수님께서는 하느님의 뜻을 아셨고, 알고 계신 바를 완벽하게 사셨습니다. 그래서 예수님께는 참된 권위가 있었습니다.

믿음이 기적을 낳는다

"그저 한 말씀만 해주십시오. 그러면 제 종이 나을 것입니다." 그의 믿음은 "말씀하신 대로 저에게 이루어지기를 바랍니다"(루카 1,38)라고 하신 성모님의 말씀을 연상시킵니다.

믿음이란 자신의 상황이 어떠하든 주님을 굳게 신뢰하는 마음입니다. 신뢰가 기적을 일으킵니다. 예수님께서는 기적을 일으키실 때마다 "네 믿음이 너를 구원하였다"(마태 9,22)라고 하시며 기적의 힘은 믿음에서 나온다는 사실을 강조하십니다.

7월

견우직녀달

전숭규 신부가 생전에 쓰던 모자 ⓒ 노정환

예수님이 부담스러운가요

마귀 들린 사람 둘이 예수님을 만나자 "당신께서 저희와 무슨 상관이 있습니까?"라고 외칩니다. 마귀가 들렸다고 하는 것은 예수님과 무관하게 지냈다는 뜻입니다. 재물과 세상의 성공에만 집착하며 사는 사람들에게 예수님 이야기를 하면 불편하게 생각합니다. 예수님을 생각하면 부담스럽고 죄책감이 듭니다. 그러나 진심으로 예수님을 사랑하는 사람은 그분을 모시고 사는 것을 기쁨이자 보람으로 여깁니다.

예수님을 따를 결심

예수님께서는 제자들이 어떤 능력이나 자격을 갖추었기 때문에 그들을 부르신 것이 아닙니다. 예수님께서는 제자들을 부르시어 당신의 일에 합당한 능력을 주시는 분이십니다. 우리도 마찬가지입니다. 우리는 죄와 허물로 얼룩져 있고, 약하고 부족합니다. 예수님께서는 우리를 새롭게 살도록 초대하셨고, 당신의 일을 하도록 부르셨습니다.

예수님을 따르려면 가져야 할 마음가짐이 있습니다. 그것은 단호한 결단입니다. 이러한 결단이 없으면 늘 핑계나 구실로 자신을 합리화합니다. 작은 어려움이 닥쳐도 복음을 전하는 것을 뒷전으로 미룹니다.

길 위의 목자

예수님께서는 한곳에 머무르시지 않고 늘 길을 떠나셨습니다. 예수님께서 하혈하는 부인을 고쳐주신 것도 길에서 일어난 일입니다. 목자가 해야 할 일은 끊임없이 사람들에게 다가가 그들의 기쁨과 슬픔에 함께하는 것이라고 봅니다. 오늘도 영적 치유를 바라는 사람들이 곳곳에서 목자를 애타게 기다리고 있을 것입니다.

고요히 머무를 때 알게 되는 것

예수님께서는 그들에게 세상에 나가 하느님 나라를 선포하라고 파견하십니다. 파견되려면 먼저 주님 안에 머물러야 합니다. 제자들은 주님 곁에 머무르면서 주님보다 아무것도 더 낫게 여기지 않는 법을 배웠습니다. 변화와 경쟁에 뒤지지 않으려고 바쁘게 살다 보면 삶의 목적이 무엇인지 잊고 지내기 쉽습니다. 인간은 하느님 안에 고요히 머무를 때 삶의 목적을 깨달을 수 있습니다.

축복의 말이 하는 일

노자의 『도덕경』에는 '음성상화(音聲相和)'라는 말이 나옵니다. 음(音)은 내는 소리이고 성(聲)은 듣는 소리인데, 음과 성은 서로 떼어 놓을 수 없이 조화를 이룬다는 말입니다. 먼저 나에게서 나가는 소리가 온전해야 듣는 소리도 온전해집니다. 선의(善意)는 좋은 열매를 맺습니다. 축복의 말은 사람을 변화시킵니다. 반대로 상대방에게 악담이나 저주를 했을 때는 그것이 그대로 자기에게 돌아올 것입니다.

〈수태고지(The Annunciation)〉, Fra Angelico, 1426

그럼 길을 만들어야지요

파리 외방전교회에서 누구보다 앞서 조선에 가겠다고 나선 분이 브뤼기에르 신부입니다. "조선 입국의 성공은 거의 불가능하다고 합니다." "그럼, 불가능을 가능하게 시도해보아야지요." "조선으로 가는 알려진 길이 전혀 없습니다." "그럼, 길을 하나 만들어야지요." 브뤼기에르 주교는 하느님에 대한 믿음만으로 조선으로 향했습니다. 예수님께서는 복음을 전하러 나가는 제자들에게 거듭 "두려워하지 마라"라고 하시며 용기를 주십니다.

드리는 게 아니라 돌려드리는 것

사람들은 가시 틈에서 피어난 장미를 보고 감사하기보다는 장미에 가시가 있다고 투덜거리기 쉽습니다. 축복받은 것에 감사하기보다는 자신이 갖지 못한 것을 두고 불평하기도 합니다. 예수님께는 청하는 것과 감사가 구분되지 않습니다. 빵을 많이 불려주시기를 청하지 않으시고, 빵이 불어나기도 전에 먼저 아버지 하느님께 감사를 드리십니다. 우리에게는 하느님께 드릴 것이 없습니다. 단지 돌려드릴 것이 있을 뿐입니다.

외딴곳으로 가서 쉬어라

예수님께서는 지친 그들에게 따로 외딴곳으로 가서 좀 쉬라고 말씀하십니다. 주일에 성당에서 미사를 봉헌하고 기도하는 것, 그리고 때때로 피정을 하는 것은 일상의 일을 접고 주님 안에서 편히 쉬는 것입니다. 휴식으로 영적 힘을 얻어야 일도 기쁘게 할 수 있습니다.

무엇이 기적인가

율법학자와 바리사이 몇 사람이 예수님께 표징을 요구하지만, 예수님께서는 어떠한 표징도 받지 못할 것이라고 단호하게 말씀하십니다. 신앙은 내가 바라는 것을 하느님께 요구하는 것이 아닙니다. 하느님께서 바라시는 것이기에 '그럼에도' 기꺼이 따르는 것이 신앙입니다. 표징이나 기적을 좇아 여기저기 찾아다니지 않도록 해야겠습니다. 주님으로 말미암아 하루하루 새롭게 사는 것이 기적입니다.

예수님의 가족관계등록부에는

혈연에 바탕을 둔 가족에게만 사랑을 한정시킬 때 그 사랑은 이기적인 것이 될 수 있습니다. 예수님께서는 혈연이 아닌 믿음으로 맺은 새로운 가족 개념을 내세우십니다. 주위 사람들에게 어떻게 해주었는지에 따라 예수님의 참가족 여부가 달려 있다고 말씀하십니다. 예수님의 주변에 있던 사람들은 누구인가요? 죄인들과 병자들, 굶주린 사람들, 과부들, 여인들이었습니다. 그들에게 하느님의 말씀인 사랑을 실천하면, 그 상급으로 예수님의 참가족이 됩니다.

8월

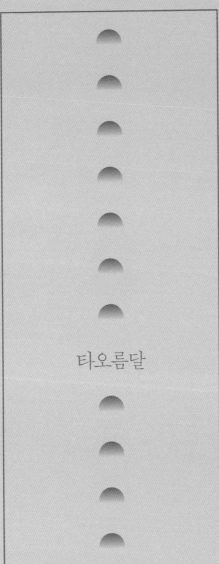

타오름달

전승규 신부가 간직한 기적의 패 ⓒ 노정환

식단을 바꾸자

유다인들은 육신의 배고픔이 채워지면, 그것을 구원받은 것으로 생각했습니다. 예수님께서는 유다인들의 이러한 생각을 바로잡아주시려고 하셨지만 그들은 귀를 막았습니다.

영적 배고픔과 갈증은 세상이 주는 것으로 해결되지 않습니다. 세상이 주는 양식에만 맛들이다 보면 영적 양식에 대한 입맛을 잃게 됩니다. 예수님께서는 당신의 살을 우리에게 주시어 우리가 하느님의 뜻을 소화하게 하셨습니다. 그리하여 우리가 하느님께서 창조하신 대로 참된 인간이 되게 해주셨습니다. 주님을 받아들이기를 진정으로 바란다면, 세상이 주는 달콤한 식단을 끊어야 합니다.

자신을 내맡기는 어린아이처럼

베드로는 파도에 휩쓸리려 하자 "주님, 저를 구해주십시오" 하며 소리를 지릅니다. 주님께서는 손을 내밀어 베드로를 구해주시며, 믿음이 약해 의심한 그를 꾸짖으십니다. 주님께 다가가는 데는 주님만 바라보면 되었는데도 말입니다. 어린이의 마음을 지닌 사람은 자신의 나약함과 한계를 알기에 하느님의 손길에 자신을 맡깁니다. 하늘나라는 바로 이런 어린이의 마음을 지닌 사람이 누릴 수 있는 특권입니다.

숨을 쉰다고 살아 있는 것이 아니다

예수님께서는 당신의 공생활에서 여러 차례 죽어가는 생명을 살리셨습니다. 예수님께서는 당신의 생명을 바쳐 남의 생명을 살리는 일이 구원임을 알려주셨습니다. 숨을 쉰다고 살아 있는 것이 아닙니다. 마음을 열어 남을 받아들이고, 고통받는 이들에게 생명을 불어넣는 사람이 살아 있는 사람입니다. 이기적인 자아의 죽음은 생명과 기쁨이 태어나는 모태입니다.

믿고 내맡기는 데서 생겨나는 기적

신앙이란 신뢰하는 마음입니다. 우리가 누구에게 간청하는 것은 그를 신뢰하기 때문입니다. 누군가를 신뢰하면 나 자신을 맡길 수 있습니다. 신앙인은 고통 속에서도 다시 일어날 용기와 희망을 주님에게서 얻습니다. 신앙인은 시련과 어려움에 놓일 때 낙심하여 절망하는 것이 아니라 주님께 의지하는 사람입니다. 주님께서는 이러한 사람에게 우리의 상상을 뛰어넘는 기적을 베풀어주실 것입니다.

세상이라는 제대 앞에서

세금을 대신 내주시다

예수님 시대에 20세가 넘는 유다인 남자들은 사제들만 빼고 누구나 해마다 한 번씩 성전에 세금을 바쳤습니다. 예수님께서는 베드로의 세금까지 해결해주셨습니다. 마찬가지로 예수님께서는 십자가 위에서 당신의 목숨으로 우리가 내야 할 세금을 내주셨습니다. 예수님께서는 우리가 지은 죄의 빚까지도 다 갚아주신 것입니다.

〈십자가 강하(Deposition of Christ)〉, Fra Angelico, 1437~1440

예수님의 가장 성실한 제자

성모님께서는 예수님의 탄생 예고부터 십자가 아래까지 주님의
종으로서 하느님의 뜻을 충실히 따르셨습니다. 주님의 종으로서
겪어야 하는 모든 고통을 감수하셔야 했습니다. 성모님께서는
누구보다도 예수님의 제자 직분을 성실히 수행하신 분이십니다.
그분께서는 일생 자신을 비우시고 하느님의 뜻을 따르셨기에
하늘에 오르시는 영광과 행복을 누리실 수 있었습니다.

잔치에 누굴 초대하겠습니까?

혼인 잔치의 주인인 임금은 종들을 보내어 길거리에 나가 만나는 사람을 모두 잔치에 불러오라고 말합니다. 그러자 잔칫방은 온갖 사람들로 가득 찹니다. 잔칫방에는 가난한 사람, 장애인, 걸인들이 모여 기쁘게 음식을 먹고 있습니다. 역설적이게도 하느님께 가까이 다가가는 사람은 세상에서 버림받은 사람인 경우가 많습니다. 만일 우리 집에 잔치를 벌인다면 누구를 초대하겠습니까?

스테인드글라스의 소명을 받은 우리

나타나엘을 예수님께 이끈 사람은 필립보 사도입니다. 우리의 신앙도 다른 이의 인도로 전해졌습니다. 또한 우리 그리스도인은 믿지 않는 사람들을 예수님께 인도하는 사람입니다. 성당의 스테인드글라스는 밖의 태양 빛을 받아 성당 안을 아름답게 비추어줍니다. 우리는 예수님의 사랑으로 이 세상을 아름답게 꾸미도록 부르심을 받은 사람들입니다.

그게 나일 수 있다는 생각

시간이 갈수록 저는 실천하지 않으면서 신자들에게 더 많은 것을 요구하고 있습니다. 듣기보다는 말을 더 많이 하는 것이 제 모습입니다. 말 없는 실천이 더 큰 감동을 준다는 것을 잊고 살 때가 많습니다. '벼는 익을수록 고개를 숙인다'고 합니다. 성덕(聖德)이 결핍된 사람일수록 더 권위적이고 위선적으로 변합니다. 이러한 사람이 지도자가 되면 본인은 물론이고 공동체마저도 불행하게 됩니다. 그 눈먼 인도자가 바로 저 자신일 수 있다는 생각에 부끄럽습니다.

기름과 믿음은 빌릴 수 없다

슬기로운 처녀들은 시간의 차이일 뿐 신랑은 반드시 온다고 믿었습니다. 그러나 어리석은 처녀들은 이 믿음이 약했습니다. 그들은 신랑이 올 것인지 아닌지 확신하지 않았습니다. 그래서 그들은 기름을 준비하지 않았던 것입니다. 믿음은 남에게서 빌릴 수 없고, 남이 대신할 수도 없습니다.

9월

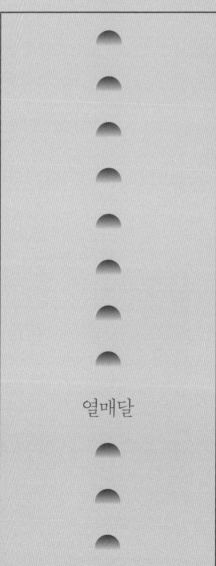

열매달

전숭규 신부가 생전에 기도하던 성무일도서 ⓒ 노정환

불결함과 깨끗함

손을 씻지 않는다고 불결한 것이 아닙니다. 다른 이에게 해를 끼치고, 가난하고 억울한 사람들의 요청을 거부하는 것이 불결한 일입니다. 참다운 깨끗함이란 하느님의 말씀을 실천에 옮기는 것입니다. 참다운 순결은 가난하고 불쌍한 이웃의 요청에 기꺼이 응답하는 것입니다.

지금 여기에서 시작하는 믿음

'있는 나'라는 하느님의 이름은 '지금 여기에 존재하시는 분'이라는 뜻입니다. 예수님께서는 하느님의 뜻을 '지금 여기'에서 실현하심으로써 사람들에게 기쁨을 주셨습니다. 믿음은 과거나 미래의 일이 아닙니다. 과거는 이미 지나가버렸고, 미래는 아직 오지 않았으니 우리의 소관이 아닙니다. 믿음은 '지금 여기'에서 실천되어야 합니다.

하느님의 일이 우리에게서 드러나려고 그리된 것

소공동체 모임에서 어느 여교우가 "제 아이는 장애아입니다. 주님께서는 다른 사람보다 제가 더 많은 사랑을 줄 수 있다고 생각하셔서 저에게 장애를 가진 아이를 보내주셨습니다." 제자들은 예수님께 눈먼 사람을 두고 "스승님, 누가 죄를 지었기에 저이가 눈먼 사람으로 태어났습니까?" 하고 묻습니다. 예수님께서는 누구의 죄도 아니며 하느님의 일이 저 사람에게서 드러나려고 그리된 것이라고 말씀하십니다.

아무것도 이루지 못한 밤이 지나고

예수님께서는 제자들을 간택하실 때 그들의 힘으로는 아무것도 이루지 못한 밤을 겪은 다음에 부르셨습니다. 제자들은 허무한 밤을 체험했기에 예수님을 따라나설 수 있었던 것입니다. 교만은 언제나 헛수고로 끝납니다. 우리는 이해하기 힘든 주님의 말씀에 대한 신뢰가 쉬운 일이 아님을 잘 압니다. 그러나 자신의 생각을 버리고 주님의 말씀을 믿고 따를 때, 상상하기 힘든 일이 우리 앞에 펼쳐집니다.

교회가 새 부대에 담아야 할 포도주

요한 23세 교황은 "아, 너무 답답하다. 질식할 것만 같다. 창문을 열어라"라고 말하면서 세상을 향해 닫힌 교회의 창문을 열어놓았습니다. 이로써 교회는 자신만이 옳다며 살아온 독단적인 모습을 돌아보게 되었습니다. 교회는 자신의 부족함을 인정하면서 과거의 잘못을 겸허히 반성하게 되었습니다. 오늘 복음에서 예수님께서는 "새 포도주는 새 부대에 담아야 한다"고 말씀하십니다. 변화하는 오늘의 세상에 우리 교회가 새 부대에 담아야 할 포도주가 무엇인지 깨달으라는 촉구의 말씀입니다.

말문이 막힌 사람에게 귀를 기울이기

"말이 안 나온다" 또는 "기가 막힌다"라는 말을 자주 씁니다. 어려움을 하소연할 곳이 없어서 말이 안 나오는 경우도 있습니다. 고통을 알아주는 사람이 없어서 가슴이 답답할 때도 있습니다. 오늘 복음에 나오는 반벙어리도 그러한 사람입니다. 우리는 날마다 열린 귀로 무엇을 듣고 있으며, 풀린 혀로 무슨 말을 하고 사는지요? 힘들게 살아가는 사람들의 아픈 사연에 귀 기울이고, 그들에게 용기와 희망을 주는 말을 많이 하기를 바랍니다.

준비된 이를 뽑지 않으신다

예수님께서는 사도로 이미 준비된 사람들을 뽑으신 것이 아니라, 사람들을 뽑으시어 사도로 준비시키신 다음에 파견하십니다. 준비된 사람들을 뽑아 복음을 전하게 하면 자신의 능력과 공로를 자랑할 수 있기 때문입니다. 복음을 전하는 이들에게 중요한 것은 인간적 능력이 아니라 주님을 따르겠다는 마음과 주님에 대한 신뢰입니다. 오늘날의 사도란 사람들에게 사랑을 불어넣어 그들이 하느님께 감사의 노래를 부르게 하는 것입니다.

〈성모의 영면과 피승천(The Dormition and Assumption of the Virgin)〉,
Fra Angelico, 1424~1434

주님께 포악을 부리더라도

소설가 박완서 씨는 남편과 사별한 지 일 년도 채 안 되어 외아들을 잃었습니다. 그녀는 긴 세월 동안 하느님을 원망하고 증오하던 당시의 심경을 이렇게 표현합니다. "만일 그때 나에게 포악을 부리고 질문을 던질 수 있는 하느님께서 안 계셨더라면 지금보다 훨씬 더 불쌍하게 살았을 겁니다." 성모님께서는 십자가에 처참하게 못 박히시는 아드님을 보러 골고타 언덕으로 올라가셨습니다. 성모님을 그토록 강하게 만든 것은 어떠한 처지에서도 하느님께서 함께 계신다는 믿음이었습니다.

절규에 응답하도록 부름받다

백인대장은 종의 불행을 외면하지 않고 종을 위해 따뜻한 관심
과 배려를 아끼지 않았습니다. 예수님께서는 곤경을 호소하는
사람들의 딱한 사정을 귀담아들으시고 도와주셨습니다.

우리 그리스도인들도 백인대장처럼 남을 위해 살아가는 존재로
부름받은 사람입니다. 가련하고 외로운 사람들의 절규를 외면하
지 않는, 마음이 따스한 신앙인으로 나아가야겠습니다.

세상이라는 제대 앞에서

사람의 인정이 아닌 주님께 의지할 것

예수님께서는 무서운 심판관의 하느님이 아니라 자비롭고 온화하신 하느님을 사람들에게 알려주시고자 했습니다. 그래서 예수님께서는 세리의 식사 초대에도 응하신 것입니다. 예수님께서는 오직 하느님께 의지하셨기 때문에 옳다고 생각하는 일을 자유롭게 하셨습니다. 사람들의 판단을 두려워하지 않으셨습니다. 나보다 더 나를 잘 아시는 주님께 마음을 열면 사람들의 시선이 두렵지 않습니다. 참된 자유를 누릴 수 있습니다.

퇴비 만들기가 어려운 것처럼

퇴비를 만들려면 풀이나 낙엽, 깻묵, 쌀겨, 태운 왕겨, 닭똥 등을 적당히 섞고 발효액을 희석해 뿌려가면서 충분히 젖도록 잘 섞어주어야 합니다. 그 뒤에 통풍이 되는 포대로 덮은 다음 보름 정도에 한 번씩 뒤집는데, 이런 과정을 몇 차례 반복합니다. 쉽고 편한 방법으로는 좋은 땅을 만들 수 없습니다. 좋은 땅을 만들려면 퇴비를 만드는 것처럼 어려운 과정이 따릅니다. 그 과정이란 지속적이고 반복적으로 기도하고 하느님의 말씀을 묵상하는 것입니다. 기도와 묵상으로 우리 마음의 밭은 차츰 비옥하게 변할 것입니다.

빈 공간을 채우심

십자가의 요한 성인은 "모든 것(全)이신 하느님을 얻으려면 자신을 철저히 비우고 온갖 피조물에 대한 집착에서 벗어나야 한다"고 말합니다. 자기 자신과 피조물에 대한 사랑을 무(無)에 이르게 할 때 그 빈 공간을 하느님께서 모두 채워주신다는 것입니다. 하느님께서는 당신의 일을 하는 사람들을 반드시 보살펴주실 것입니다.

10월

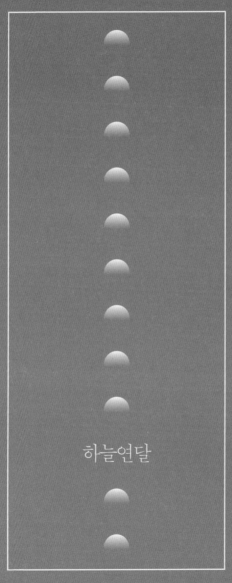

하늘연달

전숭규 신부의 성작, 성반, 성합 ⓒ 노정환

단순한 길의 순례자

아기 예수의 데레사 성녀는 특별한 지식이나 능력이 없어도 모든 이가 갈 수 있는 길을 '작은 길' 또는 '단순한 길'이라고 명명했습니다. 그녀는 하느님께서는 거창한 행동이 아니라 그 안에 들어 있는 사랑을 보신다고 확신했습니다. 그녀는 하루하루가 '작은 길' 위에서 순례할 수 있는 사랑의 연습장이라고 믿었습니다. 비록 평범하고 작은 일이라도 사랑으로 행한다면, 그것이 하루하루 우리가 성인으로 사는 길입니다.

빈손의 위력

예수님께서는 제자들을 빈손으로 세상에 내보내십니다. 진리 편에 선 사람은 빈손의 위력을 잘 압니다. 다윗은 막대기와 돌멩이만으로 골리앗과 싸워 이겼습니다. 오늘 우리가 기념하는 프란치스코 성인도 모든 것을 버리고 빈손으로 교회를 일으켰습니다. 하느님의 갑옷은 우리가 걸친 모든 것을 벗어버릴 때 입을 수 있습니다.

세상이라는 제대 앞에서

국화축제를 여는 이유

겨우내 온실에서 연탄을 피워가며 모종을 키웠습니다. 봄부터 가을까지 하루도 소홀히 할 수 없었습니다. 여름에 비닐 온실 안의 온도는 45도까지 올라갈 정도입니다. 그렇게 일 년 내내 땀 흘려 키운 국화가 이제 막 피기 시작합니다. 해마다 시월이 되면 직접 키운 국화로 축제를 벌입니다. 영혼이 메마른 사람들을 꽃을 통해서 곱게 만들고 싶은 마음입니다. 그래서 힘이 들어도 해마다 국화잔치를 벌이고 있습니다.

가을, 하느님께 돌아와 고백하는 시간

파견된 제자들이 돌아와 예수님께 보고하였듯이, 가을이 되니 하느님께 무엇을 보고할지 곰곰이 생각하게 됩니다. 곱게 물든 단풍처럼 하느님께서 주신 시간에 자신의 삶을 얼마나 아름답게 꾸몄는지 성찰해봅니다. 지는 낙엽을 통해 우리 인생 또한 유한한 것임을 알게 됩니다. 복음을 전하는 데 파견되었던 제자들은 주님의 이름으로 놀라운 결실을 거두었습니다. 그들은 기쁨에 넘쳐 스승님께 돌아왔습니다.

목적지도 모르게 가지 않으려면

함께 살아가는 공동체에서 봉사는 반드시 필요한 일입니다. 그러나 그보다 더 중요한 일은 주님의 말씀을 잘 듣고 기도하는 것입니다. 기도와 주님의 말씀을 듣는 것을 뒷전으로 미루면 무엇을 위해 일하는지 망각할 수 있습니다. 목적지가 어디인지 모르는 채 가는 것과 다르지 않습니다. 사제와 수도자들이 특별히 유념해야 할 점입니다. 참되게 하느님을 섬기는 길은 먼저 하느님의 말씀에 귀 기울이는 것입니다.

하느님의 기쁨을 나의 기쁨으로

토머스 그린 신부는 기도의 단계를 언급하면서 다음과 같이 보기를 들어 설명합니다. 청춘 남녀의 "당신은 내가 원하는 모든 것을 해주니까 당신과 결혼할래요"라는 말은 여전히 자기중심적입니다. 나이가 지긋한 노부부는 "당신이 그렇게 좋아하니 나도 정말 행복해"라고 말합니다. 기도하는 사람은 하느님의 기쁨을 자기의 기쁨으로 삼아야 합니다.

거울을 향해 걸어가는 사람

이웃에게 늘 불만투성이인 사람이 말했습니다. "우리를 향해 오는 저 사람의 탐욕스럽고 잔혹한 눈을 보세요." 천사는 고개를 끄덕이며 말했습니다. "당신은 지금 거울을 향해 걸어가고 있습니다." 우리 눈에 다른 사람의 단점이 자꾸 보이는 것은 내 안에 사랑이 없고 마음이 메말랐다는 증거입니다. 반대로 다른 사람이 존경스럽고 귀하게 보인다는 것은 내가 그러한 존재라는 것입니다.

〈십자가에 못 박히심(The Crucifixion)〉, Fra Angelico, 1420~1423

남을 돕고 나눌 때 우리 몸에서 일어나는 일

사람의 몸에는 바이러스와 싸우는 면역 물질이 있는데, 어려운 사람을 위해 봉사하거나 좋은 생각을 하거나 선한 일을 볼 때 신체 내에 면역 물질이 만들어진다고 합니다. 사람들 대부분은 보답을 바라지 않은 채 남을 돕고 가진 것을 나눌 때 참된 기쁨을 느낍니다. 가진 것을 잃어버리지 말아야겠다고 생각하면 불안과 두려움 때문에 더 불행해집니다. 손을 펴고 가진 것을 나눌 때 참으로 행복해질 수 있습니다.

사제인 나의 평생 숙제

말로써 신앙을 고백하는 것보다 더 중요한 것은 실천으로 자신의 믿음이 올바르다는 것을 보여주는 일일 것입니다. 사제로 살면서 강론이나 훈화 등 말을 많이 해야 합니다. 신자들에게 말은 그럴듯하게 하여 무거운 짐을 지워놓고 정작 저 자신은 잘 실행하지 않습니다. 사제인 저에게 위선과 이중적인 삶을 극복하는 것은 평생에 걸친 숙제입니다.

함께 살아가는 기쁨

신자 증가율이 예전만 못하다고 합니다. 냉담 교우들도 늘어가고 있습니다. 신앙생활에서 기쁨을 얻지 못하기 때문일 것입니다. 현대인의 삶은 점점 개인적으로 변해가고 있습니다. 그러다 보니 함께 살아감으로써 얻는 기쁨을 잘 모릅니다.

예수님께서는 모든 사람을 차별 없이 당신의 사랑 안에 모으기를 바라십니다. 제자들은 바로 이러한 사명을 부여받은 사람들입니다. 선교는 신자들이 공동체를 이루어 그 구성원이 사랑으로 일치된 삶을 사는 데서 시작합니다.

인생을 낭비하지 않는 방법, 회개

예수님께서는 군중에게 날씨가 어떠할지 알아보는 것이 아니라 하느님의 뜻을 아는 것이 중요하다고 말씀하십니다. 예수님께서 하느님의 나라가 가까이 왔음을 여러 징표로 보여주셨지만, 군중은 아직도 깨닫지 못했습니다. 예수님께서는 그들에게 인생을 낭비하지 말라고 촉구하십니다. 인생을 낭비하지 않는 길은 더 늦기 전에 회개하는 것입니다. 하느님께서 주신 소중한 인생살이에서 주님을 몰라보고 지내는 것만큼 후회되는 일은 없습니다.

세상이라는 제대 앞에서

죄와 멸망

사람이 죄에 빠지면 그의 가치체계는 완전히 뒤집힙니다. 죄에 빠지면 악을 바람직하게 여기게 됩니다. 이 단계에 이르면 회개하기가 정말 어렵습니다. 회개하지 않은 죄에 대한 결과가 탐닉인데, 탐닉에 빠지면 멸망으로 이어집니다. 멸망의 길에서 벗어나려면, 주님을 받아들여야 합니다. 예수님께서는 우리가 회개하여 태어난 보람을 느끼며 살도록 요구하십니다.

보잘것없는 이를 통하여

작은 겨자씨가 싹이 터서 자라면 새들이 깃드는 나무가 되고, 적은 누룩이 밀가루 반죽을 온통 부풉니다. 처음에 예수님의 제자들은 수가 적었습니다. 그리고 그들은 배운 것이 없는 무식한 사람들이었고, 사회적으로 보잘것없는 존재들이었습니다. 주님께서는 보잘것없는 이들을 구원의 도구로 부르시어 그들을 통하여 세상을 변화시키십니다.

세상이라는 제대 앞에서

11월

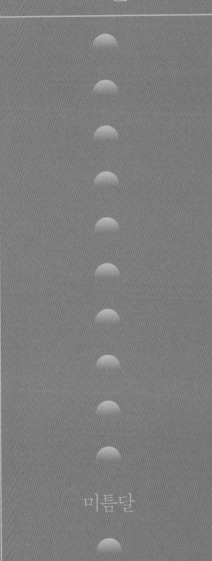

미틈달

전승규 신부의 비망록 ⓒ 노정환

하느님 한 분이시면 흐뭇하다

예수의 성녀 데레사 수녀는 이렇게 고백했습니다. "모든 것은 지나가고 하느님만이 가시지 않으니 인내함으로써 모두를 얻으리라. 하느님 한 분이시면 흐뭇할 따름이니라." 마음이 가난한 사람이란 주님께 모든 것을 맡기며 사는 사람입니다. 주님께 의지하며 살기 때문에 가진 것이 적어도 그분께서 채워주시리라고 믿으며 살아갑니다. 그리고 모든 일에 감사드립니다. 우리의 처지를 주님께 맡기며 늘 감사하는 마음으로 살아갈 때 행복은 선물로 주어집니다.

꽃을 피우려고 왔지

"우리는 왜 이 지구라는 별에 왔는가?" 이러한 질문에 '백만 송이 장미' 가사처럼 '꽃을 피우려고 왔지'라고 대답할 수 있지 않을까요? 그 꽃은 봄이 왔다고 피는 꽃이 아니라, 미워하는 마음을 버리고 아낌없이 사랑할 때만 피는 꽃입니다. 백만 송이 사랑의 꽃을 피울 때 우리는 그리던 아버지 하느님의 나라로 다시 돌아갈 수 있을 것입니다.

끝자리에 앉을 때 비로소 보이는 것

중국의 철학자 왕양명(王陽明)은 말했습니다. "오만에는 단 한 가지도 좋은 면이 없고 모든 악의 근원이 된다." 예수님께서는 사람들에게 누가 잔치에 초대하거든 윗자리에 앉지 말고 끝자리에 앉으라고 말씀하십니다. 끝자리에 앉으면 아무도 우리를 시샘하지 않습니다. 거기에 앉아 있으면 모든 것을 더 잘 볼 수 있습니다. 가난하고 고통받는 이들의 아픔을 더욱더 깊이 이해할수 있습니다.

보답받지 않기

예수님께서는 바리사이에게 식사를 베풀 때는 가난한 이들과 장애인들을 초대하라고 하십니다. 병들고 소외된 이들은 현세에서는 호의나 은혜를 갚을 수 없는 사람들입니다. 대신 하느님께서 세상 종말 때에 의인들에게 갚아주실 것이라고 약속하십니다.

선우경식 선생은 무료 진료 병원인 '요셉 의원'을 설립하여 가난하고 소외된 환자들을 돌보며 이렇게 말했습니다. "그들은 나에게 보답을 할 수 없는 이들이기에 보살펴주고 있습니다."

예수님의 수학

오늘날 예수님께서 수학 시험을 보셨다면 아마 낙제하셨을 것입니다. 예수님께는 한 마리 양이 아흔아홉 마리 양보다 더 큰 가치를 지닙니다. 세상의 계산방식을 따르지 않으십니다. 예수님의 수학은 하늘나라의 시민만이 이해할 수 있습니다. 예수님께서는 잃어버린 한 마리 양을 찾으시고자 어떤 수고나 위험도 감수하십니다. 양을 찾으신 뒤에는 너무도 기쁘신 나머지 보잘것없는 양을 어깨에 메고 돌아오십니다.

이용과 빈손

'이용(利用)'이라는 말이 있습니다. 노자(老子)는 소유하는 것은 '이(利)'이고, 소유를 없애는 것이 '용(用)'이라고 했습니다. 소유한 재물은 올바로 사용될 때 완전해질 수 있다는 뜻입니다. 가난한 과부가 헌금함에 돈을 모두 넣고 난 뒤의 손은 빈손이었습니다. 비록 손에는 아무것도 없지만 주님께 모든 것을 바친 그 손이야말로 가장 거룩한 손입니다. 그녀의 가난한 손에는 하느님의 눈으로 보면 가장 풍요로운 부(富)가 담겨 있을 것입니다.

세상이라는 제대 앞에서

친구와 함께 하느님 길을 걷는 행복

스스로 영적인 사람으로 살아가는 것도 힘들지만, 다른 이에게 영적인 벗이 되기도 쉬운 일은 아닙니다. 고대 그리스의 철학자 아리스토텔레스는 "좋은 친구를 얻으려면 먼저 나 자신이 선한 사람이 되어야 한다"고 했습니다. 일상생활 속에서 친구와 영적인 우정을 맺고 하느님께 이르는 길을 함께 걸어갈 수 있는 사람은 복된 사람입니다.

〈시복 받는 사람들의 춤(The dance of the beatified)〉, 최후의 심판 부분, Fra Angelico, 1425~1430

'걸걸걸'을 실천하는 삶

죽음을 앞둔 많은 사람이 '걸걸걸……' 하며 후회한다고 합니다.
'좀 더 사랑할걸', '좀 더 베풀걸', '좀 더 참을걸' 이 말들은 아직
건강하게 살아 있는 사람들이 실천해야 할 가장 중요한 가치요
의미일 것입니다. 죽음의 문제는 곧 삶의 문제인 것입니다.

평신도, 가톨릭 정신의 잣대

그리스도교 공동체는 사도적 정신을 실천하는 평신도들이 많으면 많을수록 그만큼 건강해집니다. 평신도의 고유한 특징은 세속적인 성격에 있습니다. 평신도는 세상 속에 살면서 세상에 그리스도께서 맡겨주신 사명을 수행합니다. 영국의 성 존 헨리 뉴먼 추기경은 "어느 시대에서나 가톨릭 정신의 잣대는 평신도였다"고 했습니다.

마땅하고 옳은 일

천국에 사는 복자들의 주된 기도는 감사 기도라고 합니다. 우리는 미사 때마다 '감사송'을 바칩니다. "언제나 어디서나 아버지께 감사함이 참으로 마땅하고 옳은 일이며, 저희 도리요 구원의 길이옵니다." 아프거나 어려움에 빠질 때만 주님을 애타게 찾는 경우가 많습니다. 그리고 병이 치유되거나 절박한 문제가 해결되면 또다시 주님을 잊고 살아갑니다. 하늘은 늘 열려 있지만 마음이 메마른 사람은 열린 하늘을 보지 못하는 것과 같습니다. 주님께 마음의 문을 열면 보이는 모든 것이 주님의 은총으로 다가올 것입니다.

상처에 대처하는 법

사람은 누구나 상처를 받으며 살아갑니다. 상처에 대처하는 좋은 방법은 상처와 화해하는 것입니다. 약하고 불완전하며 약점이 많은 사람이라고 스스로 인정하는 것입니다. 환자가 자신의 아픈 곳을 의사에게 보이거나 말하지 않으면 의사는 환자를 고칠 수 없습니다. 주님께서는 지금 우리의 모습 그대로를 받아들이시며 사랑하십니다. 이웃이나 주님께 우리 마음의 문을 열어놓을 때 상처에서 해방되어 참된 평화를 누릴 수 있습니다.

무엇을 내쫓아야 하나

예수님께서는 당신의 성전 정화 행동이 그들의 비위를 건드려 어떤 대가를 치르게 될지 뻔히 아셨습니다. 성전 당국자들에게 도전하는 것은 죽음까지도 각오해야 했습니다. 그러나 예수님께서는 사람들의 생각보다 하느님의 뜻을 더 중시하셨습니다. 예수님께서는 하느님의 뜻을 실천하시는 데 죽음까지도 두려워하지 않으셨습니다. "우리는 살아 계신 하느님의 성전입니다." 하느님의 성전인 우리 자신 안에서 내쫓아야 할 것이 과연 무엇인지요?

믿으니 기쁨이 따라오더라

바오로 사도는 감옥에서 신자들에게 권고합니다. "주님 안에서 늘 기뻐하십시오." 바오로 사도가 당부한 기쁨은 우리 삶의 모든 것을 알고 계시며 우리의 깊은 원의를 채워주시는 주님께서 늘 함께 계신다는 믿음에서 나옵니다.

바오로 사도는 자신이 감옥에 갇혀 있는 것조차 하느님께서 그에게 좋은 것을 주시려는 의도로 행하신다고 믿었습니다. 믿음에서 기쁨이 나올 수 있었고, 기쁨이 넘치니 하느님께 감사드릴 수 있었습니다.

세상이라는 제대 앞에서

죽음은 인생의 성취

타고르의 『기탄잘리』에서 죽음은 모든 것의 끝이 아니라 인생의 성취라고 말합니다. 죽음은 하느님과의 만남입니다. 따라서 죽음은 육신의 서글픈 쓰러짐이 아니라 행복한 구원이며 영원한 행복에 이르는 길이기도 합니다. 주님의 자비를 믿느냐, 주님의 엄하심을 믿느냐에 따라 종말을 대하는 태도는 다르게 나타나기 마련입니다.

12월

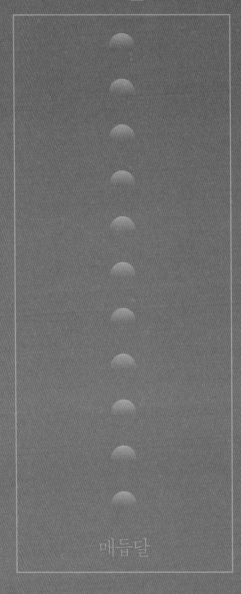

매듭달

전승규 신부의 강론 준비를 위한 메모 ⓒ 노정환

영적 선교

저는 해외에서 선교하는 동창 신부들을 위하여 늘 기도합니다. 온갖 어려운 여건 속에서 선교하는 그들을 생각하면, 아무런 걱정 없이 살아가는 자신이 부끄럽습니다. 주님의 기쁜 소식을 함께 나누고자 머나먼 이국땅에서 고생하는 동창 신부들이 고맙기도 하고 자랑스럽기도 합니다. 제가 그들에게 힘이 되어줄 수 있는 것은 끊임없는 기도뿐입니다.

철드는 것과 믿음의 상관관계

우리는 철없는 사람을 두고 '철부지'라고 합니다. '철'이란 '계절'을 뜻하기도 하는데, 계절의 변화를 모르면 철을 모르는 법입니다. 철부지란 옳고 그름을 모르는 사람입니다. 일상을 살면서 우리 삶의 곳곳에 담겨 있는 하느님의 손길을 깨닫지 못하는 사람도 있습니다. 믿음은 모든 것을 작용하게 하시어 좋은 일을 이루시는 하느님의 섭리를 깨닫게 합니다. 철이 들었다는 것은 나이가 들었다는 말이 아니라 믿음이 깊어졌다는 말입니다.

세상이라는 제대 앞에서

소박한 일상의 거룩함

밀레의 〈만종(晚鐘)〉은 감자를 캐던 부부가 저녁에 성당에서 울리는 종소리를 듣고 삼종기도를 바치는 그림입니다. 들녘에서 일하는 농부에게 저녁은 마음이 바쁜 시간입니다. 그럼에도 부부는 하던 일을 멈추고 기도를 드립니다. 인생에서 중요한 것은 남의 이목을 끌 만한 큰일을 하는 것이 아닙니다. 하루하루를 소박하게 살지라도 하느님의 말씀을 따르며 사는 것이 중요합니다. 거룩함이란 평범한 일상 안에서 주님을 생각하며 주님의 입장에서 행할 때 드러날 수 있습니다.

가난하고 고통받는 사람들을 위한 잔칫상

『제2차 바티칸 공의회 문헌』의 「사목헌장」에서는 현대 교회가 가난하고 고통받는 이들의 슬픔과 고뇌에 함께해야 한다고 선언합니다. 하느님 나라는 부자들이나 권세를 가진 이들을 위한 잔치가 아니라 가난하고 하찮아 보이는 이들이 친교를 나누는 잔칫상입니다.

저의 믿음은 언제 완성될까요

옷장을 열어보면 입지 않고 보관만 해온 옷들이 많고, 책장을 바라보면 읽지 않고 먼지만 쌓여 있는 책들이 적지 않습니다. 그리고 아직도 제 지갑의 두께는 두툼합니다. 그러면서도 신자들에게는 "가난한 사람들과 나누며 살아가세요"라고 하면서 자신을 속였습니다. 야고보 사도는 믿음은 실천으로 완성된다고 하였는데, 실천에 이르지 못하고 머릿속에서만 맴도는 저의 믿음은 언제 완성될지 모르겠습니다.

우리의 허물은 하느님 사랑의 흔적

예수님의 족보 이야기는 일반적인 사람들의 생각과 다릅니다. 예수님의 족보에는 부끄러운 선조의 이름까지도 고스란히 담겨 있습니다. 하느님의 생각은 사람의 그것과 다르기 때문입니다. 하느님께서는 잘못과 허물로 물든 인간을 도구로 당신의 구원 역사를 펼쳐 오셨습니다. 지나온 우리 삶의 과정을 조용히 들여다봅시다. 그러면 하느님께서 우리를 사랑하신 흔적이 얼마나 많은지 깨닫게 될 것입니다.

세상이라는 제대 앞에서

감추고 싶은 삶의 한 조각까지도

우리 인생도 일종의 조각 그림 맞추기와 같습니다. 인생이라는 그림을 완성하려면 어둡고 예쁘지 않은 그림 조각까지도 그대로 받아들여야 합니다. 잊고 싶고 감추고 싶은 마지막 한 조각으로 마침내 우리 인생의 그림이 완성됩니다. 고통과 슬픔이라는 삶의 조각은 사람을 아름답게 만드는 힘이라는 사실을 깨닫는 것이 지혜입니다.

고통을 혼자 감당하지 않기

고통을 남에게 드러내지 않고 혼자 감당해야 한다는 생각은 자신에게 더 큰 상처를 줍니다. 다른 사람의 도움 없이 모든 것을 혼자 감당하려고 할 때 외로움과 슬픔은 더욱더 깊어집니다. 성모님께서는 유다 산골에 사는 엘리사벳을 찾아가십니다. 두 여인은 자신들에게 일어난 이해하기 힘든 일을 이야기하며 서로 위로하는 시간을 보냈을 것입니다. 혼자서는 감당하기 힘들었던 짐의 무게를 나누었을 것입니다.

이 아기가 대체 무엇이 될 것인가

즈카르야의 아이 요한이 태어나자 사람들은 "이 아기가 대체 무엇이 될 것인가?" 하고 말합니다. 요한은 앞으로 하느님의 일을 하게 될 것입니다. 요한은 세상의 죄를 지고 가는 하느님의 어린양을 증언할 것입니다. 공생활을 시작하시는 주님께 세례를 줄 것이며, 불의를 일삼는 권력자의 폭력으로 죽게 될 것입니다. 요한은 자신은 서서히 작아짐으로써 주님의 영광을 드러내는 그리스도의 선구자가 될 것입니다.

마르타 할머니의 마구간 출산기

마르타 할머니는 가난한 시골로 시집와 농가의 셋방을 얻어서 살았습니다. 그런데 그녀는 우연히도 주인집 아주머니와 같은 달에 아이를 가졌습니다. 같은 달에 같은 집에서 아이들을 낳으면 한 아이가 죽는다는 속설을 믿던 주인은 그녀에게 집에서 나가 아이를 낳을 것을 요구했습니다. 12월 엄동설한에 마르타 씨는 자신의 신세가 부끄럽고, 딱히 갈 곳도 없어서 허름한 외양간을 찾아갔습니다. 이내 통증이 오더니 급기야 그녀는 혼자서 아이를 낳을 수밖에 없었습니다. 한동안 정신을 잃었던 그녀는 등에 온기가 있음을 느꼈습니다. 뒤를 돌아다보니 소가 등을 기대어 있는 것이었습니다. 아이의 몸은 한겨울 추위에 싸늘하게 식어 있었습니다. 가난한 부모 때문에 아이를 죽였다는 서러움이 북받쳤습니다. 그녀는 혹시나 하는 마음으로 아이를 안고 집 안

세상이라는 제대 앞에서

으로 들어갔습니다. 시간이 흐르자 죽은 것처럼 보였던 아이가 차츰 깨어났습니다. 그 아이가 자라서 지금은 유치원 원장으로 아이들을 돌보고 있습니다.

〈성모의 대관(Coronation of the Virgin)〉, Fra Angelico, 1430~1435

구유가 전설이 되지 않도록

우리가 소외된 이들 속에서 주님을 발견하지 못하면 우리는 2천
년 전의 구유를 전설로만 만들어버리는 것입니다. 해산할 여인
이 찾아간 마구간 같은 현실이 있고, 헤로데와 같은 권력이 횡포
를 부리는 현장도 있습니다. 이제 우리는 구유에 대한 경배의 발
걸음을 소외된 이들에게도 향해야 하겠습니다. 도움이 필요한
이들을 외면한 채 여관방을 자기만 차지하려는 이기심과 욕심
을 버려야 하겠습니다.

그것으로 충분합니다

말년의 요한이 제자들의 부축을 받아 노쇠한 몸으로 신자들의 모임에 나가면 늘 이 한마디를 했다고 합니다. "나의 충실한 자녀들이여, 여러분은 서로 사랑하시오!" 신자들이 어찌 그리 똑같은 말씀만 하시는지 묻자 그는 이렇게 대답했습니다. "그것이 주님의 명령이며, 그것으로 충분하기 때문입니다!" 사랑을 받아본 사람이 더 깊이 사랑할 수 있다는 말처럼, 주님의 사랑을 흠뻑 받은 요한은 그 받은 사랑을 사람들에게 되돌려줌으로써 '사랑의 사도'가 되었습니다.

세상이라는 제대 앞에서

죄 없는 아기가 목숨 바쳐 한 고백

죄 없는 아기가 권력에 집착하는 헤로데를 떨게 하였습니다. 그 결과 죄 많은 어른이 죄 없는 아기들을 죽였습니다. 여리고 약한 아기들이 주님의 증거자가 되었습니다. 말 못 하는 아기들이 생명을 바쳐 주님을 세상에 알렸습니다. 말 못 하는 어린 아기들이 목숨 바쳐 고백했다면 젊고 건강한 우리는 주님을 위해 무엇을 증언하고 있는지요?

불행한 나자렛 성가정

나자렛 성가정은 불행의 여건을 많이 갖춘 가정이었습니다. 이 가정은 경제적으로 매우 가난하였습니다. 이 가정은 혼인하기 전부터 부부간에 오해와 갈등이 있었습니다. 그리고 이 가정은 자식의 죽음을 겪었습니다. 그럼에도 교회가 성가정을 본받자고 한 이유는 가정의 중심에 하느님께서 자리하고 계셨기 때문입니다. 중요한 선택과 결단의 순간에 가정 한가운데에 계시는 하느님의 뜻을 물어보았습니다. 지금 우리 가정의 중심에는 누가, 무엇이 자리하고 있는지요?

지나 보면 모두 은총이었음을

하느님께서 주신 시간과 맡겨주신 일들에 성실하게 임하는 것
이 무엇보다 중요하다는 사실을 한 해의 끝자락에 와서 깨닫게
됩니다. 하루하루가 소중하고 만난 사람들 모두가 귀한 선물이
었습니다. 힘들고 지친 나머지 왜 나만 이런 고통을 받아야 하는
지 원망하였을 것입니다. 그러나 지나 보면 하느님의 은총이 아
닌 것이 없습니다. 이 점을 깨우치도록 하느님께서는 오늘을 우
리에게 허락하셨습니다.

묵상집 『세상이라는 제대 앞에서』는 천주교 의정부교구 소속의 고(故) 전숭규 아우구스티노 신부님께서 2012년 한 해 동안 한국천주교주교회의에서 발행하는 『매일미사』에 매일의 미사 전례를 위해 집필하신 '오늘의 묵상' 중에서 신앙에 도움이 되고 삶에 영감을 주는 감동적인 대목들을 골라 묶은 것입니다. 신부님은 일 년 동안 『매일미사』 묵상을 마치시고 이듬해 3월 31일에 하느님 품으로 떠나가셨기에 신부님의 묵상을 떠올리면 여전히 애틋한 마음이 큽니다.

신부님의 방대하면서도 주옥같은 원고 모두를 소개하지 못한 것은 아쉽지만, 많은 이가 곁에 두고 부담 없이 꺼내 읽으며 삶에 위로와 지침을 얻을 수 있도록 잘 선별하여 소책자로 엮어보았습니다. '오늘의 묵상'을 포함하여 전숭규 신부님이 생전에 발표하신 여러 글과, 친필 유고로 남아 있는 다른 아름답고 진솔한 글도 언젠가 소개될 기회가 있기를 희망합니다. 이 묵상집은 올해 선종 10주기를 맞이한 전숭규 신부님을 기억하는 의미를 지니지만, 동시에 많은 신앙인과 삶의 올바른 방향을 모색하는 일반 독자들에게 한 해를 동반하는 좋은 선물이 되리라 확신합니다.

전숭규 신부님은 신앙인으로서, 사제로서 참으로 예수님을 닮아 하느님과 이웃을 사랑하려 애쓰고, 자신의 사명에 충실하였으며 말과 삶을 일치시키려 늘 노력한 '교회'의 사람이었습니다. 국화를 정성껏 가꾸던 모습이 말해주듯 땀 흘리는 노동의 귀함을 잘 알고 꺼리지 않았던 '실천'의 인물이었습니다. 신부님은 정이 많았고 사람들을 좋아했으며 인생을 벗들과 즐길 줄 알았던 '친교'의 사람이었습니다. 술잔을 기울일 때든, 차를 우려 함께 마실 때든, 전숭규 신부님과의 자리는 늘 따뜻하고 편안하고 정취가 있었습니다. 전숭규 신부님은 책 이야기를 즐기는 열정적 독서가이기도 했습니다. 그를 만나는 이들은 전숭규 신부님이 매우 겸손하고 소탈하지만, 넓은 학식과 남다른 통찰과 예리한 지성을 지닌 분이라는 것을 느낄 수 있었습니다. 출중한 문장가이자 멋진 필체를 가진 전승규 신부님에게는 거리감을 주지 않으면서도 격조 있고 향기를 풍기는 인품을 가진 선비와 같은 풍모가 있었습니다.

이제 교우들과 동료 사제들에게 마음을 다해 사랑을 베풀었던 전승규 신부님을 기리며 '전승규 신부님을 기억하는 사제들'이 함께 마음을 모아 이 묵상집을 세상에 내어놓습니다. 이 책이 계기가 되어서 더 많은 사제와 교우들과 독자들이 전승규 신부님을 떠올리고 알게 되고, 그에 대한 추억을 그리워하며 이야기하게 되리라 믿습니다. 나아가 신부님의 진심 어린 묵상들이 마음에 잔잔하지만 깊은 울림을 주었으면 좋겠습니다.

이 작은 책이 나오기까지 여러 사람의 노력과 호의가 있었습니다. 여러 행정적인 면에서 의정부 교구 교구청의 김동수 신부님과 이종경 신부님, 한국천주교주교회의의 민범식 신부님의 도움이 컸습니다. 여러 선배 신부님들의 격려도 큰 힘이 되었습니다.

세상이라는 제대 앞에서

깊이 감사드립니다. 신부님의 원고를 꼼꼼히 읽으며, 일반 독자의 눈높이에서 글을 선별하는 어려운 작업은 방송작가이자 의정부교구 주보의 필진이기도 한 정신후 님께서 애써주었습니다. 책표지와 책 안에 실린 전숭규 신부님의 유품 사진은 루멘 사진관 노정환 님이 맡아 아름답게 찍어주었습니다. 두 분에게 감사드립니다. 묵상집을 내는 일련의 과정에서 함께 최선을 다해준 파람북 정해종 대표님에게도 감사드립니다.

무엇보다 전숭규 신부님을 추모하며 묵상집을 내는 계획에 격려를 해주시며 귀한 추천사까지 써주신 의정부교구 교구장 이기헌 베드로 주교님께 깊은 감사를 드립니다.

이 책의 제목은 신부님이 좋아하고 탐독했던 테이야르 드 샤르댕(1881~1955) 신부의 저서 『세상 위에서 드리는 미사』(김진태 옮김, 가톨릭대학교 출판부, 2001)에서 영감을 받았습니다. 죽는 순간까지 사제로서 소명을 다하고자 했던 전숭규 신부님의 묵상집에 잘 어울린다고 생각합니다. 제대는 예수님의 인간과 모든 피조물에 대한 사랑이 정점에 이르고 흘러넘치는 성찬의 신비가 이루어지는 거룩한 장소입니다. 매일 제대 앞에서 미사성제를 정성껏 봉헌하는 신부님의 모습을 잊을 수 없습니다. 성찬의 신비에서 드러난 하느님의 가없는 사랑은 전례의 시간과 공간, 교회의 울타리를 넘어 이 세상 안으로 흘러갑니다. 그러기에 사제는 세상에 하느님 나라를 선포하고 사람들을 섬기는 제자로서 사명을 수행해야 합니다. 신부님은 예수님을 스승으로 삼고 평생 그분을 닮으려 한 충실한 제자였습니다. 교회를 통해 사람들에게 사목자로 파견되어 양을 위해 목숨을 바치는 목자로서 살고자 했던 신부님의 마음과 삶을 오래 기억하고 싶습니다. 사람들의 기쁨과 슬픔이 있는 세상은 신부님에게 거룩한 제대였다고 생각합니다.

세상이라는 제대 앞에서